你好，应物兄

李洱 著作

北乔 选编

中国出版集团
中译出版社

图书在版编目（CIP）数据

你好，应物兄 / 李洱著；北乔选编. -- 北京：中译出版社，2021.6
（文学里的中国·当代经典书系）
ISBN 978-7-5001-6637-5

Ⅰ. ①你… Ⅱ. ①李… ②北… Ⅲ. ①小说集—中国—当代 Ⅳ. ①I247

中国版本图书馆CIP数据核字（2021）第069955号

出版发行 / 中译出版社
地　　址 / 北京市西城区车公庄大街甲4号物华大厦6层
电　　话 / （010）68359303，68359827（发行部），68358224（编辑部）
邮　　编 / 100044
传　　真 / （010）68357870
电子邮箱 / book@ctph.com.cn
网　　址 / http://www.ctph.com.cn

出 版 人 / 乔卫兵
总 策 划 / 张高里　刘永淳
特邀策划 / 王红旗
策划编辑 / 范　伟　张孟桥
责任编辑 / 范　伟　张孟桥
文字编辑 / 张若琳　吕百灵　孙莳麦
营销编辑 / 曾　頔　郑　南
封面设计 / 柒拾叁号工作室

排　　版 / 柒拾叁号工作室
印　　刷 / 北京顶佳世纪印刷有限公司
经　　销 / 新华书店

规　　格 / 787mm×1092mm　1/32
印　　张 / 7.75
字　　数 / 120千字
版　　次 / 2021年6月第一版
印　　次 / 2021年6月第一次

ISBN 978-7-5001-6637-5　　定价：49.00元

作者
李洱

中国先锋文学之后最重要的代表性作家。1966年生于河南济源，1987年毕业于上海华东师范大学。曾在高校任教多年，后为河南省专业作家，现任职于中国现代文学馆。著有长篇小说《花腔》《石榴树上结樱桃》等，出版有《李洱作品集》（八卷）。《花腔》2003年入围第六届茅盾文学奖，2010年被评为“新时期文学三十年”（1979—2009）中国十佳长篇小说。主要作品被译为英语、德语、法语、西班牙语、意大利语、韩语等在海外出版。《应物兄》为其最新长篇小说，2018年获《收获》文学排行榜长篇小说第一名，2019年获第十届茅盾文学奖。

选编者

北乔

江苏东台人，评论家、作家、诗人。著有文学评论专著《约会小说》《贴着地面的飞翔》《刘庆邦的女儿国》《诗山》，长篇小说《新兵》《当兵》，小说集《天要下雨》，散文集《天下兵们》和诗集《临潭的潭》等十四部。曾获解放军文艺大奖、全军文艺优秀作品奖、三毛散文奖、武警文艺奖、海燕诗歌奖、乌金文学奖、林语堂散文奖等。现居北京。

目录

导言

——李洱雅俗共生的文学世界

北乔

李洱是公认的百科全书式的作家，他持续以知识分子为主要人物谱系建构自己的文学世界。在2019年8月凭《应物兄》斩获第十届茅盾文学奖之前的相当长的时间里，准确说，至少从20世纪80年代中期开始，李洱是无大奖、但又无法绕开的重要作家。有一段时间，李洱在海外的影响力远超在国内的知名度。

李洱原名李荣飞，1966年生于河南省济源市五龙口镇五龙头村。据说这个村子曾经非常有名，古称枋口，村外的摩崖石刻表明，韩愈、白居易都来过这里。济源是济水的源头，而济水是著名的“四渎”之一，史称“清济”，是一条被充分人格化的河流，但它后来被黄河挤占了河道。在李洱的童年和少年时，现在的济源市还是济源县。他的童年是在乡村度过的，但他的祖父曾就读于延安自然科学院（北京理工大学前身），在八十年代中期竟然对马尔克斯的《百年孤独》有着深刻的理解；他的父亲是中学语文教师，擅长书法，后来亦有书法集公开出版，当年曾私下写过小说，也曾请县剧团画布景的人教授李洱学习绘画。之于乡村生活和文化，李洱的童年视角，显然有别于一般的乡村子弟，他既是乡村的观察者，又是成人世界的围观者。

他的中篇小说《鬼子进村》，就体现出他与乡村的关系，透露出他精神成长的某些秘密。小说讲述者的身份是个小学生，这意味着，讲述人既是乡村孩子，又具有文化儿童的视野。李洱会经常跳进来参与讲述，但视角是现在时的旁观者，他不增加讲述内容，只负责提供一些思考：“当时发生了一件小事，我们不妨提一下。付连战话音刚落，就有一个人从教室的后门跑了出去。那个人就是写小说的李洱。”小说里这个一晃而过的李洱，由此显得意味深长。

写这部小说时，李洱已经是大学老师了。从乡村到城市，从省城到京城，从文化家庭到知识分子世界，直至后来与海外世界的广泛接触，李洱不断地向外开拓。从城里、从外面世界来到村里的知青，是李洱以反向的方式向自己人生经历的致敬。

1983 年，李洱考入华东师范大学，那里曾经有“全国最好的中文系”。李洱曾说：“80 年代前期，中文系里人人都是诗人和小说家。当时文史楼有个通宵教室，一到晚上就坐满了人。写小说呢，为赋新词强说愁。这种气氛下，就是傻瓜也会写。”也是在华东师大，李洱遇到了著名先锋小说家格非，以及由格非所延伸的先锋文学圈。李洱早期的小说，格非大都看过。“他提意见的时候很委婉，不直接说我的小说，说的都是大师的作品：霍桑有个细节是这么写的，海明威有句话是那么写的。”与格非和先锋文学圈的交往，让李洱的文学视野宏阔起来。也可以说，正是受他们的影响，李洱才走上了作家之路。

李洱第一篇有影响的小说是《导师死了》。此前，他的小说只有两篇，一个中篇小说《中原》投稿《时代文学》之后杳无音讯，只是作品中的主人公“李洱”后来成了他的笔名。另一个短篇小说《福音》则成了他发表的处女作，写的是将他接生到这个世界的接生婆的生活片段。这个故事，某种程度上似乎成了他步入文坛的预言。《导师死了》最初是短篇，后改了又改，最后成了中篇。此后相当长的时间里，人们谈及李洱必提《导师死了》，甚至此小说比李洱的名声还大。让知识分子回到日常生活，写具体的人，更在写人的生活状态。《导师死了》，在追念一些美好，在期盼一些美好，但更关注现时。李洱的独特之处在于，一路走来，一直坚守这样的创作理想。从这个意义上说，李洱的所有作品，其实是一部作品。新作都是真切地在前面创作成果的基础上掘进。对此，李洱也从不隐讳，并以互文式的方式不断声明这一点：没有《饶舌的哑巴》就没有《午后的诗学》，没有《午后的诗学》就没有《花腔》，没有《花腔》就没有《应物兄》。他们是承继式的衍生关系，构成了一个作家的成长史。

1987 年大学毕业后，李洱被分配到郑州教育学院（现郑州师范学院），在这所学校任教长达十年。这期间，李洱创作了大量的中短篇小说。十年的大学教师生涯，使他对知识分子有了更多的认识，这也是李洱深度体验生活和创作积累的黄金期。

1997 年后，李洱进入专业作家行列，并担任《莽原》

杂志副主编。不善于自我表扬的李洱，对自己担任《莽原》副主编十分自豪，“不夸张地说，我是个很有眼力的编辑。哈金最早在国内发表的小说、红柯早年的小说、周洁茹的代表作《你疼吗》，都发表在《莽原》上。《莽原》推了很多作家。这是一份格外低调的刊物。”工作变动之时，他已经开始创作《花腔》。2001 年，他的长篇小说《花腔》一经发表即惊诧文坛，成为当年与莫言先生代表作《檀香刑》齐名的作品。2004 年，《石榴树上结樱桃》问世。2018 年《应物兄》震撼登场。因为有这几部作品存在于世，最近 20 年来，尽管他几乎没写中短篇小说，也没有新作出版，但他的影响力却在持续攀升，堪称中国文学界一大奇事。

《花腔》以极复杂的方式讲了一个极简单的故事，但其意味却又是极复杂的。概括起来，是以寻找主人公葛任为基本线索，以破解葛任的生死之谜为结构中心，描写了葛任短短一生的生活境遇、政治追求及爱情经历，讲述了个人在历史动荡中的命运。基本的评价是，小说的最大特色是以三个当事人的口述和大量的引文来完成叙事。书中众多的人物性情不同、身份各异，以不同的腔调来叙述这桩历史谜案，显得意味深长，引发我们对历史与现实、真实与虚构、记忆与遗忘、饶舌与缄默等诸种生存状态的体验和思考。

在小说中，李洱关注的不是真相本身，而是试图回到历史现场，寻找所谓的真相呈现的方式和过程。与其说这是对历史叙事颠覆性的解构，还不如说是李洱发现了历史和现实共同的本质。庞杂之下的精微，严格考究的史料与虚构文本的血脉相连，使《花腔》充溢着叙事变革的活力。《花腔》的语言保鲜度很高，近二十年前的作品，现在读来依然如刚刚问世。我相信，在以后相当长的时间里，这样的阅读感受会依然强劲。这是李洱独特的语言感觉和能力。

学术界对《花腔》的研究，已经持续近二十年，出现了很多有价值的成果，但似乎还缺少一些本质性的东西。知识分子葛任，其实是中国当代知识分子之父。作为父辈的存在，葛任既是精神伦理上的，又是血亲伦理上的。花腔式的写作，那些复调、众生喧哗，以及碎片的弥漫，正是现实的写照。在文学作品里，葛任是一个从未出现过的知识分子形象，而在现实生活中，葛任一直都在，只不过或隐或现：如果隐去，那是因为葛任暂时被我们遗忘了；如果出现，那是因为葛任又对我们的生活构成了提醒。葛任已被幽灵化了。在现当代历史中，即便在二十一世纪的今天，葛任的幽灵一直在中国大地上游荡。而李洱，既是那个幽灵的发现者、又是描述者，同时那个幽灵又深深地影响到李洱本人。

《花腔》的热度一直居高不下，先后被译成德语、法语、韩语、英语、捷克语、西班牙语和意大利语等。《花腔》法语版已经再版多次。在人们解读《花腔》还处于第一阶段的爬升期时，2004年，李洱的《石榴树上结樱桃》出版了。2008年底，德国总理默克尔来华，将李洱德文版的《石榴树上结樱桃》送给中国总理温家宝，并点名要与李洱对谈。德国媒体评价《石榴树上结樱桃》说，“谁想了解中国当代文学现状的话，就应该阅读李洱的小说。”

有论者说：“反映中国当下乡土生活的《石榴树上结樱桃》，只是李洱为一部大部头长篇小说所作的练笔。此前，李洱的小说一直在书写中国知识分子的精神困境和生存状态。”《石榴树上结樱桃》在李洱的创作之路上，确有意外之象。这是一次真正意义上的返乡之旅。在叙述上，李洱一改往日的路数，显示出与乡村一样朴实的腔调。这典型的传统写作方法，仿佛是在映照乡村的传统，但在传统写法之中，又有着现代的变异。

在与默克尔对谈时，李洱说：“我对默克尔博士说，你很难想象，中国的农民坐在田间地头的时候，他们会谈到中美关系、海峡两岸关系、中东战争。他们端个碗蹲在屋前，或者一边喂猪一边谈论这些问题。有时候他们甚至打打手机，交流一下中程导弹试射谁厉害的问题。他们现在就像老一辈人喜欢谈三国、谈曹操谈刘备一样，谈小布什、萨达姆、陈水扁。农民的生活一方面很现代，另外一方面还比较原始。他们既用现代化的播种机和收割机，也用西汉时期的农具。他们平时也看美国好莱坞的电影。中国乡村是后现代、现代和前现代的混合。乡村是中国现实的缩影。”可以说，李洱借由《石榴树上结樱桃》返乡，既是作为知识分子重新回到自己的出生地，又是潜入乡村这一中国文化母体里，以知识分子的目光审视我们的文化基因。

其实，就在媒体和评论界谈论《石榴树上结樱桃》的时候，李洱已经开始了《应物兄》的写作。经过两年多的准备，他于2005年春天开始创作《应物兄》。他以为很快就可以完成，为此在书房里张贴了“写长篇迎奥运”的告示，但这个告示最终却沦为笑谈。他的交稿日期一拖再拖，竟然写了十三年之久。虽然写作时间的长短并不是衡量作品好坏的重要标准，但就个人而言，十三年只在写一部小说，个中的滋味，我们肯定是无法想象的。我们只知道，从乡村到省城再到北京的李洱，曾经在补写《应物兄》后记时，突然间泪如雨下，在场的编辑为此目瞪口呆。

《应物兄》满足了人们对李洱的期许。评论家孟繁华认为：“《应物兄》是几十年中国当代文学发展中的一部重要作品，是一部属于中国文学荣誉的高端小说。长久以来，我们祝愿祈祷中国文学能够有一部足以让世人刮目相看的小说，能够有一部不负我们伟大文学传统、不负我们百年来对中外文学经验积累的一部小说，经过如此漫长的等待，现在，它终于如期而至。”

《应物兄》是典型的李洱式的百科全书般的小说创作。据统计，《应物兄》前后出场不下七十位人物，以三代学院知识分子为主体，遍布政、商、学、媒体、市井和江湖。《应物兄》借对话、讲演、讨论、著述、回忆、联想，所引用和谈及的中外古今文献高达数百种。书中或展示、或引用、或杜撰、或调侃的诗、词、曲、对联、书法、篆刻、绘画、音乐、戏剧、小说、影视、民谣、段子、广告、脱口秀等，可见李洱在生物学、历史学、古典学、语言学、艺术学、医学乃至堪舆风水、流行文化等领域，做了大量案头工作，其所积累和触碰到的知识量堪称浩瀚。这部作品细致地提到和描写了数十种植物、近百种动物，还对大量的器物和玩具给予了不厌其详的生动叙述。

如此海量的知识文学地参与了叙事，实为惊人之举。如果细细一想，我们每一个人的生活中都布满了这样的知识碎片。因此这不仅是知识分子的场域，也指涉了我们当下的生活，并包含了李洱所特有的现实指认和隐喻。正如评论家阎晶明所言，“李洱就这样让那最高冷的和最低俗的莫名其妙地粘连到一起。可以说，《应物兄》在叙述上处处都是迷惑人的陷阱，你以为你要面对高深的经史子集，却不料真正面对的是世俗层面的种种，是这种种怪力乱神与振振有辞的学问之间不可剥离的奇妙结合。李洱的笔力就体现在这种带人入沟的本领上。”著名作家邱华栋说，“我边看边赞叹，李洱实在太厉害了，《应物兄》简直是一部百科全书——里面有儒家文化，有诗经文学传统，但这些知识不是枯燥无味的，而是经过作家天才般的审美想象处理过的东西，因而具有别样的价值。”

《应物兄》是一部有关知识分子生存状态和精神图景的作品，但又是一部关乎我们所有人的小说。抽去身份，他们就是当下人们的集体群像。他们对于现实的态度，人生的自我处境以及精神状态，具有普遍性。对此李洱坦诚道：“我的小说写的是全球化影响了每个人生活之后的现实，当然全球化也会深入影响知识分子的生活。我一直觉得知识分子的感觉最敏锐、最复杂，他们和现实的关系在某种程度上更密切，所以我觉得从知识分子的角度来切入是合适的。”

应该说，至少在文化性和精神性上，《应物兄》与《金瓶梅》《红楼梦》有着紧密的联系。《红楼梦》是写一个人（贾宝玉）的成长期，而《应物兄》则是一个人成年后所过的世俗生活。但李洱对这种生活的审视式表达，则使得小说从俗世中穿越而过，成为对中国人精神生活的一种精准呈现。评论家吴俊在谈到《应物兄》时说道：“能写俗世故事，就能成为小说家；能以俗世故事体现入世关怀，则是一个出色的小说家；能以出世精神写出俗世故事而不失其入世关怀的内衷情怀，那就是杰出的小说家。《金瓶梅》和《红楼梦》这两部书，堪称具有大俗大雅趣味、以出世精神写俗世故事而不失其入世关怀的杰作。《应物兄》实际上就是想挤在两书之间，成为一部当世寓言之作，或成为一部写尽了荒唐的荒唐之书。我以为李洱真的是得了《金》《红》两部书的神髓。”

这是李洱《应物兄》的成就，也是李洱一直以来的创作理想。

李洱创作谈：

我写的时候还是很兴奋的，写完之后有些怀疑，因为我无可比附，不知道写的这个事件能否支撑我要表达的东西，是否有价值。一段时间后再看，我又发现非常亲切。声音还在，喑哑的声音，终究还是声音。我在写声音，一切都在声音中呈现，而一切又似乎与声音无关。我们可以听到声音，但又看不到声音。这是一件很奇妙的事。问题是我们分明知道自己在哪，却还是有失踪的感觉。你分明在发言，但你却失踪了。我们成了在场的失踪者。我想起了济河，有没有浪花，济河还是济河。作为一条河流，到底什么样才是真实的？才是它的全部？

我们与生活的关系，常常就是如此。

短篇

喑哑的声音

每个星期六，孙良都要到朋友费边家里去玩。费边家的客厅很大，就像一个公共场所，朋友们常在那里聚会。他们在那里闲聊、争吵或者玩牌，有时候，这三者同时进行。赌资不大，打麻将的话，庄家自摸，顶多能赢个五六十块钱。朋友们都是脑力劳动者，赢钱不是他们的目的。费边的邻居小刘，在公安上做事，他也常来费边家串门，而且每回都能赢。孙良他们一开始对小刘存有戒心，后来看到他也是个有趣的人，并且能带来许多有趣的话题，就把他也当成了朋友。他们说话的时候，小刘很少插话，他不关心那些知识界的事。可小刘一说话，他们就不吭声了，小刘是行刑队的副队长，他讲的许多事，只有低级小说里才有。这帮朋友不屑于看低级小说，可他们愿意听小刘讲那种故事。

这个冬天的星期六，下午五点多钟，孙良穿上大衣，围上他那条鼠灰色的围巾，就出门了。在家属院的门口，他看见几个妇女围着一个卖芹菜的老人在说着什么。他往跟前凑了凑，想看看她们究竟在干什么。他的妻子也在那里，她手里已经有了一把芹菜，但她似乎还没有回家的打算。这是他的第二任妻子，她刚从澳大利亚回来，好像无法适应这里的气候，所以她穿得比那些女人都要厚一些。她把芹菜递给孙良，孙良接过芹菜，又上了楼，把它送回了家，然后他就从家属院的后门走掉了。他手里有后门的钥匙，这是个秘密，连看门的师傅都不知道。

他赶到费边家的时候，已经将近七点钟了。主要是在街上吃烩面耽误了一些时间。还好，这一天，别的朋友来得比较晚，他没有耽误谈话，也没有误掉牌局。费边刚吃过饭，正钻在书房里，在电脑上打着一首诗。费边告诉孙良那不是他自己写的，而是一个叫曼德尔斯塔姆的俄国诗人写的。费边有这个习惯。他喜欢把他读到的好诗打到电脑上，然后整理成册。他对孙良说，他现在并没有荒废诗艺，还在抽空写诗。“你看这诗有多好，好像是我自己写的一样。”费边说着，就朗诵了起来：

真的能颂扬一位死去的女人？
她已疏远，已被束缚，
异样的力量强暴地将她掳走，
带向一座滚烫的坟墓。

“好诗，”孙良说，“给我打印一份出来，我回家再慢慢欣赏。”

费边正在打印的时候，又有一个朋友进来了，费边就又打了一份。他们一人拿着一份诗稿，坐在桌前，等着凑够四个人。费边说他之所以觉得这首诗好，是因为他以前也真心地爱过一个女人，可她后来死去了。孙良和另外那个朋友就默不作声了，以示哀悼。其实孙良知道费边所爱的那个女人并没有死去。费边一直爱着他的前妻，而他的前妻却嫁给了别人，他现在其实是在咒她。

等了很久，还是没有别人来。那个朋友就走了。他刚走，小刘就来了，但还是凑不够一桌。小刘看见桌上扔着一份诗稿，就拿了起来。他看了两行，就把它扔到了桌上。他说，他其实可以把儿子叫过来顶替一阵，他的上小学的儿子打麻将是一个天才。他说，这就跟学棋一样，学得越早，打得越好。费边忙说算了，不能让孩子学坏了。就在这个时候，费边的同事来串门了，他说他不会打牌，小刘说，只要坐下来，没有学不会的。后来，他们才知道此人是个高手，漫不经心地就把他们赢了。

真是一物降一物，小刘这次怎么打都不顺手，只要他坐庄，那个人肯定自摸。小刘平时赢惯了，没见过这种阵势。他不停地讲着他知道的那些低级故事，想以此转移那个人的注意力。费边的那个同事，大概也猜出了小刘的心思，就不愿再赢了。小刘以为是自己的讲述奏效了，就一个接一个地讲下去。后来，他就提到了最近发生的一个案子：郑州的一个小伙子打电话给济州交通电台爱情热线的主持人，说自己遇到了一个好女孩，他已经让女孩怀孕了，可他突然发现女孩又爱上了别人，他问主持人，下一步该怎么办。主持人说，你先要搞清楚，对方是不是真的变心了，在搞清楚之前，不要随便瞎猜疑。主持人还说，你一定要相信对方，去和对方心平气和地交谈一次，再打电话过来，共同商量个办法。小刘说，那个小伙子去和姑娘谈了，姑娘说她确实爱上了别人，小伙子就给主持人打了一个电话，可是电话一直占线，小伙子一急，就把那个姑娘杀了。杀了之后，他把责任推到了那个主持人身上。说到这里，小刘又和了一把。

孙良是济州人，对和老家有关的事，他有着一种天然的兴趣。小刘说他也喜欢听那个主持人的节目，说着，他就把费边的收音机打开了。他调试了一会儿，接着他们就都听到她的声音。她的声音有点疲惫，好像还有点伤感。这时候，小刘又和了，他随手关掉了收音机。他的妻子给他打了传呼，让他回去，再干扰他们已经没有必要了。事情似乎就这样过去了。这一天，孙良没输也没赢。

这一年的十一月底，孙良应邀到济州讲学。他的一个大学同学刚当上济州师院的教务主任，想在校长面前显示一下自己的能力，托孙良在郑州联系几个名人到那里讲讲课。已经有两个人去讲过了，他们回来说，济州发展得很快，都快超过郑州了。还说，那里的师生虽然笨一点，但求知欲很强，很崇拜有真才实学的人，让人很感动。“你的老家还是很有希望的。”那两个人对他说。现在轮到孙良自己去了，他想借此机会亲身感受一下故乡的变化，同时也看望一下自己的伯父。他在上海上大学的时候，伯父到杭州出差，曾专门拐到上海看过他，还给他留下了五十块钱。当时，那五十块钱可不是个小数目，够他花上两个月的。

坐着老同学派来的林肯牌轿车，走高速公路，用不了两个小时就可以到达济州。进入济州境内，他的眼睛就望着窗外，看公路边的那些麦苗、沟渠和麦地里的农人。农人们在清除地里的杂草，当他们伸起腰来的时候，几只乌鸦就飞了起来。看到这种情景，孙良有点激动。他想下车到麦地里走一走，和他们说几句话，听听乌鸦翅膀扇动的声音。可一想到麦地里的那些湿泥会把他的皮鞋和白色的袜子搞脏，他就放弃了这个打算。再说了，高速公路上也不准随便停车啊，他想。

他在济州讲了两天课。既然师生们喜欢听那些热门话题，他就向他们介绍了已接近尾声的人文精神大讨论。他讲的时候很动情，讲完之后，有许多学生围上来要求签名，购买他带来的自己的论文集。为了减轻学生们的经济负担，他按半价卖给了他们。不过，他给老同学的那一百本，可是按原价给的，因为那是给学校图书馆的。他问这一百本要不要签名，老同学说你省点力气吧，前面那两个人我也没让签。

孙良说不签也好，我的手都签酸了。

讲完课的当天晚上，他的老同学来到他下榻的济州宾馆的三二四房间，说院长明天请他吃饭，并交代他见到院长该说些什么，“我们的高院长其实是个政客，现在还兼着副市长，此人喜欢附庸风雅。”孙良说，你放心好了，我不会给你丢脸的，我知道怎么对付这种鸟人。

房间里剩下他一个人的时候，他把下午卖书的钱整理了一下。漂亮，一共有 1500 多块钱的收入呢。他将“请高院长斧正孙良”几个字反复练了几遍，然后把它们写到了书的扉页上。忙完这个，他就到楼下的小院子里散步。这里处于闹市区，周围的嘈杂更衬托出了这里的幽静。据说中央的领导人每次来济州视察，也都是住在这里。那些低矮的仿古建筑，在清冷的月光下，确有某种迷人之处。它们仿佛和历史沟通了起来，并和现实保持着距离。他看到这里的一些女服务员也很漂亮，她们说的不是济州话，而是标准的普通话。他倒很想听听济州话从那些漂亮姑娘口中说出来，是什么样子。有一句话说得好，乡音就是回忆的力量。

一个女服务员也在外面散步，她耳边举着一个小收音机。她走过他身边的时候，孙良闻到她身上有一种泡泡糖似的香味，他还听到了一种比较耳熟的声音。服务员听得很入迷，没有注意到孙良跟在她的身后。后来，她在一株悬铃木旁边停了下来，抱着那个小收音机，小声地哭了起来。

回到房间，孙良一直想着他在悬铃木树下看到的那一幕。他基本上看清了那个女孩的脸，看不清也不要紧，在一群女孩当中，他保证能把她挑出来，因为哭过的女孩子，眼睛会像小兔子那样发红。他相信自己能够把她带到房间里来，抚慰一番她那伤感的心灵。是啊，来济州仅仅是讲讲课，确实有点太单调了。

在对付女人方面，孙良虽然说不上是个高手，但也屡有斩获。孙良知道自己的性格中有某种轻松的东西，很讨女人喜欢。过了三十五岁之后，他感到自己的外貌、气质发生了一些变化，那种轻松的东西依然存在，但又加入了一些新的内容——主要是沉稳，以及沉稳中蕴藏的某种难以捉摸的因素。沉稳有沉稳的优势，能给女人一种可依赖感；难以捉摸也有它的好处，能增加诱惑力。他确实有过不少艳遇，对这一点，孙良不像一般人那样抵赖。他乐意把其中的一些故事说给朋友们听。他很会剪裁，故事中比较困难的那一部分，在讲述的时候，他都顺便略去了。他不愿给生活抹黑，不愿让大家对生活失去信心。他想，作为一个理想主义者，起码应该让朋友们感到生活是简单而有趣的。

他又走出了房间，这一次他没有到院子里去，他只是挨着楼梯去找那个听收音机的女孩。他尽量做出一副悠闲的样子，在楼梯上走上走下。他手指间夹着一支烟，可他并不点着，因为楼道里铺着地毯。后来，他看到二楼的服务台有一个小收音机在独自响着。他在那里默默站了一会儿，顺便用放在服务台上的一把指甲刀，修剪了一下指甲。再后来，他就把那个小收音机带回了房间。当然，在带走之前，他在那里留下了一张条子。上面写着：我想听听新闻，把收音机带到了三二四房间。他本来还想说明自己是高副市长的客人，但一想到那样做有点庸俗，就免掉了。

当女服务员来到他的房间的时候，他已经给电台的那个女主持人打通了电话。他捂住话筒，很有礼貌地问服务员，这个收音机能不能借给他用两天。说着，他掏出一张印有领袖头的钞票放到了一边的茶几上。他不想让那个女孩子有被污辱的感觉，所以他又捂住话筒说，“钱先拿去吧，我明天会给你作出解释的。”接着，他就听到自己对着话筒又说了起来。那是一种深思熟虑的即兴表达，当然其中要有一些必不可少的间歇。在这陌生的故乡，星光在窗外闪烁。他斜躺在床上，边听边讲。他慢慢讲得流利了起来，他感到自己的声音，从容而优雅，寂寞而自由。

后来，当他放下话筒的时候，他借助停留在耳边的声音，在脑子里描绘着那个女人的形象。他想起不久前在费边家里的那场牌局，想起小刘的讲述。他现在似乎有点明白了，讲课是次要的，是这个女人在冥冥之中促成了他的故乡之行。

“这大概是一次轻松而迷人的猎艳。”他想。一想到她将要被他斩获，他又觉得那个女人真的是有点不幸，他都有点可怜她了。这么想着，他取出了几粒速效利眠宁，用温开水灌了下去。他拉开窗帘，凝望了一会儿星空，呼吸了几口新鲜空气。接着，他就感到睡意如期而至了。

第二天一大早，他就到了济水公园，在一个儿童滑梯前的长椅上坐了下来。他刚好把椅背上用油漆喷成的卡通画挡住了。他随手翻阅着别人留在长椅上的过期的电影时报。在等待中，他将报缝也看了一下，那上面有医药广告，还有电影预告。预告的日期表明，电影还没有在济州上映。他不时抬头看一下门口。很少有人进来，偶尔进来一个，也是上了年纪的人。那些像我这样的闲人大概都还没有睡醒呢，他想。他看着脚下干枯草皮上的白霜，看久了，他的眼睛就有点发虚，有那么一会儿，他竟然将地上的一个纸团当成了一只鸟。

那个女人迟到了二十三分钟。一看到她走进那个门，他就知道那就是她。他站了起来，向她摇了摇手中的那份报纸，但他并没有上前迎接她，只是她走近的时候，他才往前走了两步。

公园里的人渐渐多了起来，那些越老活得越认真的人们，扯起电线，拧开录音机，练起了气功。他们只好另找个地方。他们过了一座小桥，绕过了一座假山，终于又找到了一个长椅。在他们走向那个长椅的时候，孙良对昨天晚上说过的话已经作了必要的补充。他说，他是应高市长的邀请来济州讲学的，今天上午还得去应付高市长的饭局，所以他只好这么早就请她来。“我在郑州就听说了那件不幸的事，当时我就想，我要找个机会来济州一趟，见见你。这种话是无法在热线电话里讲的，只好说，我有要事和你商量。我为我假称是你的朋友而向你道歉。”

他这么说话的时候，那个女人一直不吭声。女人不时抬手捂一下自己的圆顶软帽。河边确实有风，那风凉嗖嗖的。孙良趁机将衣领竖了起来。

他继续说："当然，我本人也不时遇到一些麻烦，很想找你谈一谈。是些什么麻烦，一时又说不清楚。我还想告诉你，所有这些都无法促使我直接去拨打那个热线电话。我或许应该非常坦率地对你说一件事。你想听听吗？"

她第一次开口了，说："反正我已经来了，你就尽管说好了。"这么说着，她第一次露出了笑容。

"昨天晚上，我在济州宾馆看到一个女服务员，她一边听你的声音，一边流泪，后来，她却破涕为笑了。我是个人文知识分子，关心的是人心智的发展和人的情感世界。哦，你的帽子被风吹歪了。我关心的问题可以说与你相近。你得告诉我，你究竟是用什么魔力，使一个人顿悟的。"

一辆临时改装成小垃圾车的剪草车从他们身边驶过，扬起了一阵尘土。一个卖芝麻糖的小贩走到了他们的身边，很响地敲了一下招徕顾客的小铜锣。就是这一声锣响，使她又笑了起来。她说："我小时候，听见这锣响，就忍不住要舔嘴唇，现在这毛病好像还没有改掉。"

他反对她吃那种东西，说不干净，对她美丽的牙齿也没有好处，但他还是给她买了两串。在她的要求下，他也吃了一点。看着对方用舌尖舔着嘴唇上粘的芝麻，两个人都乐了。然后，他们又默默地吃着那东西，都吃得很慢。后来，他们就像熟人那样并肩而行了。他们边走边谈，显得很轻松。吃完那两串芝麻糖，女人从小皮包里取出了饭店里用的那种湿巾，递给他擦手。接着，他就又看到那个小包在她好看的身段上飘来荡去了。孙良将湿巾扔进垃圾桶的时候，向着河面做出了一个凌空欲飞的姿势。她也做了这样一个动作。河水有点发黑，河面上有许多塑料袋，被水泡黑的树枝，有一截伸出了水面，上面落着一只鸟。孙良现在觉得这一切都很美丽，很神秘。看得出来，她似乎也有这种感觉。

这个公园离济州宾馆不远。他们几乎是不由自主地朝那个方向走去了。进到那个幽静的院子，她说她来过这个地方。她第一次提起了她的丈夫，说她的丈夫经常在这里开会，有时一开就是半个月。“不过，我只来过两次。第二次来，是要对丈夫说，他那瘫痪的父亲又不幸地得了脑血栓。”

上到二楼的时候，孙良看到了那个服务员。不过他没有跟她打招呼。他们径直来到了房间里。孙良把窗帘拉开了一半，让阳光照进来。他给她削了一个苹果。她咬了一口，有点顽皮地说，她更想吃只广柑。他就给她切了一只柑子。他自己也切了一只。有那么一个瞬间，吃广柑的两个人都没说话。他扔给了她一本书，说那是自己几年前写的。她想把它装进那个小包，但小包盛不下。他跑到服务台要了个小塑料袋。

这时候，电话响了。是孙良的那个老同学打来的。孙良说他不想去赴高市长的饭局了。“和当官的在一起吃饭，每次都得喝酒，你大概还不知道，我已经戒酒了。”

女人说自己该走了。她说她的真名叫邓林。这个名字起得好。孙良说：“夸父追日，弃其杖，化为邓林。你是神话中的植物呢。”他没有挽留她，但他替她开门的时候，他又穿上了外套。他提醒她应该将上衣的扣子全都系好。“外面的风好像大了一点。”他说。

他是怎么离开饭店的，他已经想不起来了。夜里九点多钟，他被电话吵醒了。是他的那个老同学打来的。老同学对他说：“孙良，我们的院长今天非常高兴。他也喝醉了，可他一醒了酒，就提起了你，说你很够意思。他现在信了，我的朋友都很够意思。”孙良想开口说点什么，但他的胃突然翻腾了一下，有一些东西很快就跑到了他的嗓子眼。他只好把电话放到一边，到卫生间吐了一阵。当他用手纸擦着那根散发着酸臭味的食指回到电话旁边的时候，他的同学还在电话里讲着什么呢。

这一天的后半夜，他又吐了一次。吐过之后，就再也睡不着了。他想，他吃的那些利眠宁大概也被吐了出来。他想起他的妻子在出国之前，每次见他喝醉，总是默默地在他身边坐下，看着他吐出来的那堆秽物发呆。他数了一下，妻子这次回来以后，他只喝醉过三次，加上这一次，一共才四次。

需要往胃里填点东西了，因为他听到了肚子的叫声。他用小刀将一个柑子切成了几瓣，悄悄地吃着，同时注意着胃的反应。他听到了自己的嘴巴发出的吸溜汁液的声音，偶尔也能听到胃里发出一种类似于气泡破裂的声音。每当这个时候，他就半张着嘴巴，悉心地捕捉那种气泡的声音，想着那里还会有什么动静。那只柑子吃完之后，他用邓林留下的湿巾擦了擦嘴巴。

他想，要不要再跟邓林联系一下呢？如果就此拉倒的话，他很快就会把这个女人忘掉，甚至会想不起来他曾和她有过一次美妙的散步。一个人没有记忆，就像一个人没有影子。但又怎么联系呢？她晚上才上班，而打那个热线电话，就会占用别人打电话的时间。他又想起了小刘讲过的那个杀人事件。那真是个不幸的事件，愿那个女人安息，愿那个小伙子的灵魂早日得救。

天亮的时候，他想再到济水公园走一走。可他刚走出幽静的院子，就遇上了邓林。邓林对他说，昨天，她回去的时候，把他的那本书和她的那个小包丢在出租车上了。她请他原谅。

“你知道，济州堵车很厉害的。我急着赶回去，就提前下了车。我没走多远，车流就疏通了。可我发现包没有了。我的脑子一定出了点问题，这段时间我一直有点丢三落四的。”

她一口气说了那么多。他吸着烟，微笑地听她讲着。这个在电台的播音室里口齿伶俐的女人，现在是多么笨拙啊，可他喜欢她的这种笨拙。这么想着，他自己的嘴巴也突然变笨了。他对她说：“我其实比你还笨，昨天，我本来应该送你回去的。”这一句话，他是磕磕巴巴讲完的。他也照样喜欢自己此时的磕磕巴巴。他再次觉得这一切都是多么新鲜迷人啊。

房间已经被服务员整理过了，一些新鲜的水果又放到盘子里，服务员好像料到他会很快回来似的，把广柑给他切成了几瓣。可他对她们这一项周到的服务并不高兴。他自己动手给邓林又切了一个。可她就让他那样递着，不去接。过了片刻，她说：“你看我的手有多脏。”她摊开她的手让他看。那手一点都不脏。她又让他看她的手背。他看见她的指甲是透明的，上面并没有像一般女孩子那样涂上蔻丹一类的东西。这好像就是他们抱到一起之前的全部细节。

当他们重新坐起来的时候，她很快就跑进卫生间去了。他听见了一阵水声。她重新出来以后，却不看他，而是盯着窗户看着。“刚才你关窗户了吗？”她有点胆怯但又很着急地问他。

“这太不应该了。”她又说，泪珠在她的眼圈里打转，“你现在一定会觉得我是一个不好的女人，一定是这样的。我没说错吧。你说，我说错了吗？”孙良不知道该怎样安慰她。他只能走到她的身边，把手搭在她的肩上，他的手还顺着她的胳膊往下移了一点。刚才，他看见那里有一个种牛痘留下的小疤。“幸亏我还没有孩子，”她说：“否则我真不知道怎样去看孩子的眼睛。”有那么一段时间，他短暂地离开了她，为的是把窗帘拉开，让微弱的阳光照进来。窗外有一株悬铃木，那些荔枝似的果穗悬挂在那里，把阳光搞得非常零碎。“幸好你马上就要走了。”她说。说这话的时候，她仰起脸看了他一下。她的眼里已经没有了泪水。她把她的头抵在他的胸部下面，而且抵得更紧了。她的几根头发好像和他的扣子缠到了一起，他小心地把扣子解开了，以免她突然站起来时，把发丝拉断。

他在济州呆了三天。第三天，他本来想去城外看望一下伯父，可他到车站的时候，却上了开往郑州的汽车。车在济州市兜了一个圈子，使他有机会看了一下济州的变化，但那些变化并没有在他心底留下什么痕迹。他只是想，车怎么还没有开出去啊。

回到郑州，孙良就又回到了他原来的状态。他的妻子没过多久就又去了澳大利亚。送妻子走的那一天，他有一种永别的感觉。想到上次也是这样，这种感觉就淡了许多。但从机场回来，他还是给妻子写了一封信。信中的话也是他多次说过的。他讲他之所以不愿和她一起走，是因为他是一个靠文字生活的人，他无法想象离开了母语，会是什么样子。当天晚上，他打完牌回到家里，又接着把那封信写完了。但写的时候，他的感觉有了一点变化。他想，他或许真的应该离开这个鬼地方，离开那些朋友，到那个四周都是海蓝色的国度。“那些辽阔的牧场啊。”他这样感慨了一声，随手把这句话写了进去。他看了看，觉得它放在那里有点别扭，就把这一页揉到了纸篓里。

两个星期之后，他就把邓林给忘了。只是看到墙角堆放的那些变少的论文集，他才会想起他的济州之行。他模模糊糊地想起了他去济州的路上看到的那些麦田和麦田上的乌鸦。在记忆中，那些情景都很有诗意。他给晚报写了一篇文章，谈到正是那些鸟引起了他对日益消失的田园的怀念。写这篇文章的时候，他又有点激动，字迹难免有点潦草，定稿时有些字连他自己都认不出来了。因为写这篇文章，他的一些记忆被激活了。在那些惊飞而起的鸟的背后，邓林出现了。他随之想起了许多细节，包括邓林胳膊上的那个牛痘疤。

这一天，他去参加一个座谈会。会上会下，他发现自己总是不由自主地要把他看到的每一个女人拿来和邓林比一下。他想起了邓林在做爱之后的那种羞怯的表情和她的忏悔。当时，他觉得那种忏悔有点好笑，现在他却不这样看了。他想，如果你觉得可笑，那你就是在嘲笑真正的生活，嘲笑人的尊严。我当时笑她了吗？吃饭的时候，他坐在一个角落里，一边对付一块牛排，一边问自己。他想自己其实并没有笑她，在她说话的时候，他正盯着悬铃木那灰白的枝条和暗红色的果球发愣呢。

费边这天也在。当他跑到他的这张桌子旁边，说他怎样吃不惯牛排的时候，孙良说："你吃过悬铃木的果球吗？"话一出口，他就感到自己的话有点莫名其妙。费边说他没有吃过，也不打算吃，据他所知，那东西没有什么用处。孙良很想跟费边谈他在济州遇到的邓林，可费边离开了。下午接着开会的时候，他和费边坐到了一排，他正要开口，突然觉得不知道该从何讲起。这件事隐藏在他的胸口，似乎很重，他感到自己有点承受不住了。他到楼梯口站了一会儿，又觉得有点轻飘飘的，就像微醉之后的眩晕。

当天下午，他没有等到吃那顿晚餐，就走了。他坐的是一辆破旧的长途客车。在高速公路上，车坏了一次，好久没有修好。他对售票员说，他不要求退票，但请她帮他再拦一辆车。他的说法遭到了别的旅客的反对，他们说，要是修不好，票都得退掉，不能因为一个人坏掉了规矩。他只好在那里等下去。天已经黑了，他接过一个旅客的手电筒，帮修车的司机照着。他还往天空照了照，灯柱一直延伸得很远。人们都等得很着急，为了让人们不生气，他还用手电照了照自己的脸。这是他小时候常玩的把戏，手电从下巴往上照，那张脸就显得非常好玩。“真他妈滑稽啊。”果然有人这么说。他想起有一次，几个朋友在一起为南方的一本杂志搞人文精神对话，晚上喝酒的时候，一个人喝醉了。有人在饭店门口用手电照了照星空，那个喝醉的人立即要顺着那个光柱往上爬。拿手电的人把灯光一灭，那个人就像从树上掉下来了似的，一头栽到了地上。他想，等我见到了邓林，我要把这个笑话给她讲一讲。

一直到九点多钟，他才到达济州。他来到了济州宾馆，可门卫不让他进去，说这里正接待一个会议，不接纳别的客人。他看了看他住过的那间房，那里并没有亮灯，有许多房间都没有亮灯。他想大概是他的衣服太脏了，门卫把他看成了胡闹的民工。他后悔自己当初不该往车下面钻。我怎么那么傻啊，售票员都懒得钻，我干吗要进去呢？

他在济水公园斜对面的一个小旅店里住了下来。房间里没有电话。他也不想给她打电话，他想给她一个惊喜。但认真地洗漱完了之后，他还是到门口的一个小卖部里去了一下，那里有一个公用电话。可他怎么也打不进去。小卖部的那个人把电话拿了起来，交给了别人。“人的心灵是多么粗糙啊。”孙良想。他站在小卖部外面，生了一会儿气，又向另一个小卖部走去了。他刚刷过牙，本来不想抽烟的，可他一进去，就买了一包烟，并对卖烟的人说，先不要急着找钱。后来，他发现自己来到了交通电台的门口。有一个女人从里面走了出来，戴着他熟悉的那种圆顶帽子。从身高上看，她显然不是邓林，可他还是差点喊出邓林两个字。他理过发了，那件她熟悉的外套也留在了旅馆里，他担心她出来的时候，一下子认不出他来，所以他尽量往有灯光的地方站。

第二天下午，他终于和她取得了联系。她告诉他现在没法出来。“要过元旦了，我们正在准备一台节目，很忙。”她在电话里对他说。他没吭声。过了一会儿，她又改口了，说，要见也只能见一面。她以为他又住到了济州宾馆，说，她派人将一张票送到济州宾馆的门卫那里，他可以拿着票进来。“如果别人问起来，你就说，你是司机，送人来审查节目的。”他还听见她抽空和别人开玩笑：“都是你把我害的，谁叫你让我主持这玩意儿呢，不管是什么人都向我要票。”那个男人说了点什么，引得她笑了起来。孙良想，那是个什么鸟男人呢？他立即难受了起来，甚至对她有点憎恨。

他去了，从打印出来的节目单上看出来，这是一场和部分听众联欢的节目的预演，邓林是节目主持人之一。到场的人并不多，可有第三个人在场，孙良都会觉得人有点太多了。邓林穿着白纱裙，他周围的人都说，那身打扮不错。可孙良觉得一点都不好。他不想看到她这种公众形象。到场的那些人基本上都是电台的职工和家属，他是从身边人的谈话中听出来的。“正式演出的时候，也不能让那些傻帽儿听众来得太多，否则的话，很可能会闹出点什么乱子来的。”他听见一个人说。现在我就想闹出点乱子，孙良想。

孙良出去了，在演播厅外面吸着烟。吸了两支烟之后，邓林也出来了。她并不叫他，径直朝楼道走去。他连忙跟了过去。她果然在三楼的楼梯上等着他。那里有两个工人在扯着电线。邓林和他们打了个招呼。她平时大概从来没有搭理过他们，所以他们一下子有点反应不过来。她又和他打了个招呼，说：“你也是出来取东西的吗？”他感到这实在是好笑，但他还是说，是的，我要取一份贵重东西。

“你怎么能把它称作东西？”她突然说，同时还在往上走着。

他没有答话。他的脑子还来不及产生另外的念头，只有刚才那个念头在他的脑子里嗡嗡响着——我想闹出点乱子来。

这个楼只有五层，否则，他们可能会一直这样走下去。走到头的时候，她说：“你现在就走，一分钟也不要耽搁。”她吻了他。因为彼此的慌乱，有一次，她竟然吻到了他的耳朵上，在那里留下月牙似的一圈口红。“他也坐在下面。”她说。他知道她说的是她丈夫。她拒绝他吻她，因为她脸上的浓妆，一吻就是个牛痘似的疤痕。他是多么想吻一下那个牛痘疤啊，那是让他悸动的私人生活，可它现在却牢牢地隐藏在给众人看的白纱裙下面。她用手擦了擦他的耳朵，让他从另一个楼梯口绕下去。

一个抱着手风琴的男人走在他的前面，边走边拉着。孙良跟着他走到一楼演播厅的门口。那扇门把手风琴的声音挡住了。但他还是听到了一些声音。先是邓林那标准的主持人的声音，然后是一阵打击乐。他在门外站了一会儿，但他没能从那喧嚣的鼓点中听出来什么节奏。

以后每隔两三个星期，他们就会见一次面。如果是她来郑州，她就会住一个晚上（也只能住一个晚上，因为她的节目一星期要播三次）。她不住他家，她每次都先在附近的一个旅馆里安顿好，再打电话让他去。只有一次是个例外，那是在临近春节的时候，那个小旅馆里住满了人，她只好在他这里住了下来。可那天，他们几乎没有怎么睡，他们先在街上漫无目的地走了很久，然后回到他家里，默默地吃着从街上带回来的快餐。孙良吃得很认真，把菜叶上凝结的浮油抖掉之后，再填到肚子里。她说她正在减肥，不能多吃，但她喜欢看着他吃。她问他最近写了什么文章，她想带回去看看。他说好长时间没写了，不是没东西可写，而是觉得自己写下的每一句话，别人都写过了。说这话的时候，他抬头看了看那顶到天花板的书架。“如果你想看什么书，你就从上面拿好了。”她的手在膝盖上拍了两下，坐在那里没动。她好像被地板上的什么东西吸引住了，那是一封信，是他写给妻子的信。他对她说，那信虽然很短，但抄它还是费了一些时间，因为他想把字写得尽量工整一些，漂亮一些。他说，他的妻子也喜欢看他的字，那是她和祖国惟一的联系。

有一年冬天，一个星期六的午后，他正在午睡，突然被她的电话吵醒了。她说她现在就在郑州，让他到奥斯卡饭店附近的那个公园里去见她。他在新买的市区交通图上查了一阵，才搞清楚那个奥斯卡饭店就是以前的中原酒家。那里距他的住处并不远，他还有时间把脸、头发收拾一下。刮胡子的时候，他一不小心把耳垂刮了一下。他小心地在那里涂着药水，突然发现有几根白发支棱在鬓角。

她已经在公园里面等着他了。正对着门口，是一个用冬青树修剪成熊猫形状的盆景，远看上去，就像一幅卡通画。她就站在那里，一些暗红色的落叶在她身边拂动着。他们边走边聊，后来不知道怎么就聊到了她的丈夫。她说，这次她是和丈夫一起来的，她的丈夫正在宾馆里开会。“他常来这里开会，接见别人，或受别人接见。”她谈到自己并不厌恶丈夫，尽管他从未让她感到幸福，但也从来没有给她带来过什么痛苦。

他们继续走着。她谈到她的那些听众非常可爱，也非常可怜，因为他们从来听不到她真正的声音。“只有你是个例外。”她说。他纠正她说，不是可怜，而是可爱。他们这时候真的看到了许多可爱的人。那是些孩子，他们在一个滑梯上爬上爬下。像往常一样，在散漫的交谈中，有什么最紧要的话题好像随时要跳到他们之间。他们踩着悬铃木暗红色的果球，绕过了一个小树林，在金水河边坐了下来。她把脸埋到双膝之间，小声地哭了起来。那声音跟她平时说话的声音一样喑哑。他想象着能用什么办法来安慰她。他对她说，他真是在爱她，但这似乎并不顶用。是的，如果她现在明白无误地对我说，她也深爱着我，那又顶什么用呢？如果现在是我哭了起来，她又会怎样安慰我呢？于是，他又想象着自己哭起来，会是什么样子。好在天黑之前，还有一段时间可以让他想象，所以他并没有感到事情过于棘手。

周围的灯光慢慢亮了，在他们面前，是金水河黝亮而细碎的波纹。

名家点评

《喑哑的声音》把我们带进了一个无情可抒或者说是无法抒情的年代。这不仅是孙良和邓林的处境，也暗示出当下写作那进退维谷的宿命。当主体试图抒写内心纠结的焦灼情愫时，却发现自己已站在了虚无的边缘。他所有的资源，无论是来自记忆还是经验，只是一派荒芜的情感。由此我们来反观李洱的文体——包括他对细节的精雕细刻以及对形而上学的抵制——或许会萌生一种怦然心动的宽容：一种破碎的、永在途中的、不及物的抒情方式。这里有抗争的因子， 亦有着出于宿命的无奈。

李丹梦

华东师范大学中文系教授、博士生导师，中国现代文学馆客座研究员

为了更直观地展现这个世界，李洱选取了与之对应的碎乱的结构形式，使小说的形式与内容达成了统一；同时又以众多细节穿插其中，将碎乱的片段暗中相连，不至使小说因为形式碎乱而丧失意义。不但使《喑哑的声音》成为其中最出色的作品之一，也使孙良成为其中最幸运的、离爱情最接近的主角。《喑哑的声音》是其庞大的20世纪末知识分子书写中的一部分。他笔下的知识分子都可以称为李洱式的、功利、庸俗而健忘的情感无能者。《缝隙》《错误》《悬浮》《黝亮》《奥斯卡超级市场》《朋友之妻》等作品，同《喑哑的声音》一道探讨了该类知识分子的情感状态。

浙江师范大学博士　徐晓宇

李洱创作谈：

我所理解的“午后”实际上是一种后革命的意思，或者是后极权的意思。类似于哈维尔所讲的，在午后人们已经失去了发展的原动力，靠某种惯性向前滑动。那种朝气蓬勃的，对生活有巨大解释能力和创造力的时代已经过去了。是一种复制的、慵懒的、失去了创造力的时光。

对我来说这应该是一部比较重要的小说。在写法上，我做了一些尝试，如果简单地归类，似乎不太好做到。这可能制造了一些麻烦。不管别人能不能接受，我表达了我想表达的一些东西，但远远没有完成表达。

短篇

午后的诗学

事隔多年，有一天，我和费边谈起我们初次见面的情景时，我们的回忆竟然大相径庭。我记得第一次见到他，是在80年代末，地点是济水河边的小广场。那天的中午，我正和一个刚认识不久的女人在街上走着，突然听到广场那边传来一阵有节奏的喊叫声。她拉了我一下，说："闲着也是闲着，咱们去那边听听诗朗诵吧。"那天参加朗诵的人很多，每个朗诵者都得到了足够的掌声和鲜花。费边那天朗诵的是马拉美的《焦虑》，一首描述罪愆、灵魂的风暴和人性的高贵的诗篇。那大概是那天朗诵的唯一的一首真正的诗篇。费边从那个临时搭成的台子上下来，经过我们身边的时候，有几个大学生拦住了他。“我们最喜欢你念的最后几句，够劲、解气。”他们重复了他们认为“够劲”“解气”的那几句，意在表达他们是他的忠实听众。有趣的是，他们记错了，他们七嘴八舌重复的“诗句”，要么是费边前面的那个人喊的口号，要么是等不及费边下来就跳到台子上去的那个末流诗人吐出来的打油诗。费边听他们讲完，脸上浮出了笑意，随即甩出一个警句：“诗性的迷失就是人性的迷失。”在这之前，我已经听说费边是这座城市杰出的诗人，现在看来，果然名不虚传。和我站在一起的女人，在那个年代大概也是一个诗歌爱好者。她将一瓶酸奶递给费边，说：“我也喜欢马拉美，不过我喜欢的是他的另一首诗，《纯洁，生动》。”费边咬着吸管的嘴巴松开了。他看着她，一边和她握手，一边说：“你说得真好。爱诗的女人本身就是一首纯洁生动的诗。”这时候，掌声和喊叫声又响了起来，将他的声音淹没了，我只能看见他的嘴在动，却听不清他又有哪些高论。

这一天，我们三个人在河边的悬铃木树荫下聊了十分钟左右。我记得他很匆忙，说他还有些事情需要处理一下，得先走一步。临走，他给我抄下了他的电话号码和住址。

“有空儿，请过来说说话。”他说。如果我没有记错的话，他当时还对我身边的那个女人说了这么一段话：“我喜欢和一流的女人讨论问题，读二流的诗思考问题，写三流的诗表达问题。”他的口才真好啊。说这话的时候，他用食指推了推眼镜。那是一副茶色玻璃眼镜（这副眼镜我后来没有再见过）。他的鼻梁有点高，镜架搭上去，就像骑士双腿岔开坐在马背上一样。镜框的两边向下垂了一点，使它有点像栖息在树上的鸟那下垂的双翼。

费边的说法与此大不相同。他坚持认为我们是在90年代认识的，见面的地点是某个朋友家的客厅。他说：“如果我们在街头见过，并且像你说的那样还聊了那么长时间，那我肯定会记住你，”他还顺便开了一个玩笑：“你又不是不知道，过目不忘是我的强项。”他说，在朋友家的客厅里，他确实朗诵了一首诗，但朗诵的不是马拉美的作品，而是但丁的《神曲》。他说，他的朗诵没有获得掌声，因为他朗诵完之后，大家都陷入了沉思。

我们都说服不了对方。算下来的，这样的争执大概发生过七八次。这当然没什么意思，因此，我们后来也就不再提起此事了。不过，在另一个问题上，我们之间不存在异议，这就是，我们都认为我们是在一次打猎活动中，成为真正的朋友的。

在1991年的夏初，费边邀请几个朋友到郊外打猎散心，到出发的时候，那几个人说有事不能去了，结果只剩下了我和费边。那一天，我们漫山遍野地跑，跑得脚底起泡，也没能见到猎物。天快黑的时候，我们正准备回城，突然看到了一个东西。因为距离远，我们分辨不清它究竟是狼还是狗，我先用微冲打了一阵，接着，费边也手忙脚乱地开始射击。就在这个时候，他手中的打兔枪的枪膛炸开了。幸亏那天我们都装模作样地穿了防弹背心（和微冲一起借来的），幸亏费边没有把脸贴着枪托去瞄准，否则，我们（尤其是费边）非被打坏不可。过了很久，我们才缓过神来。我们互相检查了一下，发现都是只伤了点皮肉，这才把心放宽。“我们和死神亲吻了一下。”费边说。与他这句话同时诞生的，还有我和费边的生死与共的感觉，虽然其中不乏夸张的成分。我们搂到了一起。费边说：“挺有意思，猎物没有打着，自己却差点报销。”我说，这确实有意思，很像小说里的情节，说不定哪一天我就把它写下来了。费边用脚试探着那杆炸了膛的兔枪，说：“要是写到它，你最好让玩枪的人当场做鬼，起码得让他瞎一只眼。”接下来，他又顺便谈到了写作问题。他的话说得精彩，应该记下来：

写作就是拿自己开刀，杀死自己，让别人来守灵。

蜂一张嘴吐出来的就是蜜，我的朋友费边随口溜出来的一句话，就是诗学。他的这种出口成章的本领，我后来多有领教。他并不要贫嘴。从他嘴里蹦出来的话，往往是对自己日常生话的精妙分析，有时候，还包含着最高类型的真理。这使我想起他曾向我讲述过的一本书中的一个有趣的故事：二战时，盟军轰炸柏林的火箭落点，与一名士兵从事性行为的地点，总是发生奇妙的吻合，在性行为和一火箭之间，仿佛存在着神秘的感应。当然，差别还是有的。对我的朋友费边来说，他既是 V–2 火箭，同时又是那位不断受到惊扰的士兵。

认真回想起来，费边对我们初次见面的时间、地点的说法，也不是完全站不住脚。他确实是在一个朋友家的客厅里，知道我的名字的，直到这个时候，他才知道我是个写小说的。他大概认为，这次才算是真正的见面。

在90年代的第一个年头，朋友们经常聚会，参加聚会的都是满腹经纶的知识分子。这帮人涌到谁家，谁家的抽油烟机、排风扇就得忙上一整天。如果打开窗户，让阳光照进来，你就可以发现，烟雾在机器的抽动下，在人们的头顶上漂浮得很快，有如风起云涌。当然抽走和排掉的，还远不止这些，至少还有那个年代特有的颂祷、幻灭、悲愤和恶作剧般的反讽。

这些知识界的朋友，每个都有一套俏皮而又中肯的格言，大多数人，连自己的墓志铭都构思好了。我记得有一天从北京来了一位谈锋甚健的诗人。他是费边的朋友，他在谈到海德格尔的"向死而生"的时候，突然朗诵起了自己的墓志铭，并提醒大家也要具备这种"墓志铭意识"。"用不着提醒，这玩意大家都有。"有人立即不甘示弱地站了起来。这个人怕远来的客人不信，就建议大家都把墓志铭写下来，互相传看一下。他的建议荒唐而有趣，大部分人都抵着膝盖写了，并交到了他的手里。我现在所能记住的，只是我和费边的。之所以能记住费边的，是因为我后来又听他说过几次。那其实是但丁《神曲》里的两句诗：

时间就在这只器皿里有它的根，而在其余的器皿里有它的枝叶。

这一天，在随后的发言中，费边对《天堂篇》中的这两句诗还作了一番解释。就我所知，他后来将这则墓志铭藏到了书架上的一只彩陶里，那是它的一个好去处，因为在费边看来，出土的彩陶就是在时间中扎根的器皿。在一首诗中，费边写道：

空洞的彩陶是满的，
它装满了时间；
土黄色的纹饰是绿的，
时间是它的枝叶。

什么都谈，什么都可以拿到这样的聚会上研讨一番。有一段时间，一些搞经济和神学研究的人也加入了这种不定期的聚会。人多了，一般的客厅也就盛不下了，于是大家就移师室外。西郊的一个废弃的兵工厂，成了大家聚集的场所。移步换形，走出封闭的房间来到四周都是原野的大院子里，一些新的话题也就进入了交谈。关于农事，关于亚细亚生产方式，关于田园和城市的二元对立，人们都谈得唾液乱飞。但待在郊外，终归不是长久之计，因为遇到刮风下雨，事先定好的日期就得变动；一些老弱病残者，骑车跑那么远，每次都累得半死。好在这个时候，一些凑热闹的人已经很少来了，剩下的人，较大的客厅已经装得下了。费边的朋友和同事，一个名叫韩明的人，提出聚会可以放到费边的客厅里搞。他的提议正中费边的下怀，费边早就想为朋友们多出点力了。费边对大家说，他是个单身汉，母亲住在姐姐家里，自己的住房很宽敞，他完全有能力干好后勤工作。他还表示，他要马上找民工，把客厅和卧室之间的墙打掉，让客厅更敞亮一些。事情就这样定了下来。最后的那几次聚会确实是在费边的客厅里搞的，费边的后勤工作也干得非常出色。费边后来对我说："你看，我摇身一变，就成了边缘的中心，算下来，那可要算是我的黄金时代啊。"

费边的房子位于这座城市的黄金地段，濒临济水河。虽然济水河是一条鱼虾早已死绝的臭河，但它毕竟是自然的象征。黝亮的河水流动时，形成的小小波浪，和碧海中的波浪仍然具有同一性。就像上海的情侣们喜欢挤到臭烘烘的外滩约会一样，这座城市里的人也常到这里转悠，把这里当成了一个风景胜地。作为这里的长期住户，费边谈起济水河的时候，常常没有多少好话。我们刚移师到费边那里的时候，济水河边正是一副锣鼓喧天、旗帜招展的景象。被组织起来的人们，正在那里疏浚河道，用水泥和石板铺设河床。他们伐掉高大的悬铃木，扩展广场，修建舞榭亭台。这些东西都成了费边的话柄：

这是世纪末最杰出的行为艺术死马当作活马医，臭椿当作香椿吃。广场是权力的象征，众多的小广场是大广场无数的繁殖。而那些舞榭亭台，只不过是在提醒我们，一定要乖乖地逃避真实的命运。

费边对朋友们说，看啊，这里就是一个观景台，在我这里可以看到现代生活中最荒诞的戏剧。费边的朋友韩明说，自己以前就常来这里看戏，有时看得津津有味，恨不得在这里住下不走。

我们在那里谈亚里士多德，谈米沃什，谈布罗茨基，谈学生们送给阿多诺教授的两样礼品：粪便和玫瑰。布罗茨基的那两句话（我是二流时代的二流诗人，二流时代的叛臣逆子）我就是在那里听到的。费边有一次提到了罗马的罗慕洛斯大帝的逸事，引起了人们浓厚的兴趣。这位有趣的皇帝，在代表着新文明的外敌入侵的时候，不事抵抗，只在那里逗弄小鸡。“他是一个对罪恶心中有数并能作出艰难选择的人，”费边说，“在缴械的时候，他盯着那些刚爬出蛋壳的小鸡，心中充满喜悦、寂寞和自由。”费边总能找到这种逸出历史编年史的“本质性”事件，使大家在严肃的讨论中，放松一下神经。有一次，韩明和一个写《论语新注》的人吵了起来。那个人事先强烈要求将自己的新注带来，供大家讨论，可临到出门的时候，却要求派车去接他，韩明是聚会召集人之一，他只好坐出租车去把他接了过来。韩明发现他并不像他所说的那样“烧得厉害，头昏脑涨”，在讨论中就专和他抬杠。如果不是因为有“君子动口不动手”的古训，这两个胖子就要像相扑选手那样扭到一起了。费边并不上去拉架，他有办法制止他们。他向别的人提起了一个梦，世上最有名的脱星麦当娜做的一个春梦。在梦中，麦当娜和罗慕洛斯大帝的现代传人戈尔巴乔夫做爱，在高潮上下不来。“赖莎在旁边吗？”有人问。费边说：“你们可以去问韩明，他知道得比我清楚。”韩明说，他是从录像带上看的。他说，他没有注意到这个细节，下次再看的时候，一定会格外留意。韩明顾不上和那个人吵了，他现在忙着给朋友们解释他看到的精彩镜头，并提议大家来讨论讨论那个有趣的梦。话题至此转换了。“世俗欲望”“大众传媒”与“集体迷幻”“性的深层本质”，这些词语立即从舌面上跳了出来，蹦上了桌面。就像一群猫见到了被夹住的一只老鼠，每个人的声音，都那么有力，那么欢快。刚才的不快，也就烟消云散了。

最后那两次聚会，这些精英们讨论的是怎样将思想转化为行动。他们决定先办一份杂志。既然已经到了秋天，到了收获的季节，那就有必要把每个人的思想都收割一下，存到谷仓（杂志）里面。这个时候，有一个叫“操作”的词，像瘟疫一样在社会上流行开了，大家都说，这事要好好操作一下，首先得起一个能叫得响的刊名，然后制定一个有弹性的编辑方针。为了更好更快地把杂志搞出来，有人建议可以请一些有实际操作经验的编辑来一起讨论。这个请人的任务就落到了交际多、门路广的韩明头上。“你可别又领来一堆女人，”一个研究西马的人对韩明说：“这是正事，不能瞎闹。”

好像专门要和那人抬杠似的，韩明那天领来的又是个女人。韩明显然料到别人会偷偷质问他。因此，他的屁股还没有坐稳，就先把那个女人的情况介绍了一番。他说，她曾是一个校园歌手，因为男朋友死了，就主动退学了。

所有与死亡有关的爱情故事，在90年代，都带有神话的气息，让人忍不住肃然起敬。不信，你看每个人的眼神都很肃穆，包括那个反神话论者。

这是费边后来向我转述的他当时的分析和观察。韩明那套话还真是管用，大家都饶了他。那个女孩在韩明说话的时候，静静地站在那里。她穿着一套印有许多暗红色方格的裙子，像三四十年代的大学生留着齐耳的短发。和韩明的解释相配套，她也显得很悲戚，脸色有如晨霜。如果不是事先规定好了议题，我想，那次聚会的主题就变成爱情和死亡了。

开始给梦想中的杂志起名字了。每个人的肚子里都装有许多好名字、怪名字。起名字是有学问者的强项，可以充分显示大家的视域、才学是怎样的广漠和不同凡响，大家的脑子转得有多快。每个人露了一手，有人建议叫《远东评论》，有人建议叫《日常生活》。反对这两种命名的人，说刊物不妨就叫作《反对》或《命名》。《反对》也遭到了反对，提出反对的是一个小说家，他建议用与刊物毫不相干的事物来给刊物命名，比如可以命名为《企鹅》。有人提出可以叫《蛋黄》，有人顺着“蛋黄”的思路往下走，说可以叫《变蛋》……提出来的名字，足足记满了64开本那么大的一张稿纸。做记录的是费边，他用的不是钢笔，而是新买的圆珠笔，以免抒写工具发生缺水一类的故障。在记录的时候，费边的脑子也没有闲着。他在分析、联想、臧否、推敲。“既然可以有各种命名，那就说明它其实无法命名，干脆就叫《无法命名》得了。”他插了一句。

在所有的名字当中，我就觉得《蛋黄》比较有意思。蛋黄可以孕育新的生命。由蛋黄可以想到鸡蛋。任何事物都可以比作一只椭圆形的鸡蛋，它有两个确定不移的焦点。这是个致命的隐喻：一个焦点可以看成是我们占有的事实本身，另一个可以看成是我们对占有的事实的批判。这两个焦点隐藏在脆弱的蛋壳之内，悄悄发力，使你难以把它握碎。

每一种命名都被由才学和视野编织的筛子过了一遍。到后来，筛子上一个名字也没有留下。

龟兔赛跑的现代版本是这样的：乌龟跑出去之后，兔子们说，别急，哥儿们，咱们先在一起分析一下哪个跑道比较合适，速度怎样分配，哪个老兄带头冲刺。最要紧的是，哥儿们得先给跑步的姿势起个像样而且中肯的名字，使它有名有实。

费边的分析和联想被人打断了，大家需要他这个东家也说上几句。因为他正在那里分析，所以他就脱口而出“既然大家都在分析，那就叫《分析》算了。”这么说的时候，他的脑子已经活跃起来了，语言和思维同步，他对随口说出的《分析》这个名字作了一番分析。“这是一个分析的时代，”他说，“所有人都在分析，什么都得分析。教师在分析学生，学生在分析校长；病人在分析医生，医生在分析医院；丈夫在分析妻子，妻子在分析情夫；人在分析枪，枪在分析人；人对灵魂作出分析，灵魂对人作出分析；天堂在分析地狱，地狱在分析天堂……”他口若悬河地说了一通，“分析”这个词就像串糖葫芦的竹签，把许多毫不相干的事物都串到了一起，然后成群结队地从他的喉咙里跑了出来。他说："学生们在五月风暴中送给阿多诺教授的那两样东西也值得分析。粪便在分析玫瑰，玫瑰在分析粪便。"

"哦，粪便和玫瑰。"

费边把这两个词又重复了一遍，既像是在重复诗中的一对孪生意象，又像是在强调他突然想起来的某对诗学概念。他一边说着，一边做着往下砍的手势。那手势并不生硬，带有抑扬顿挫的意味。说完这番话，他刚好走到韩明带来的那个女孩子跟前。那个女孩子现在正盘腿坐在地板上，仰着脸看他。她的脸上已经没有了悲戚，有的是崇敬和迷惘，有如午后的向日葵。他的脑子现在正灵着呢，仿佛受一种惯性驱使，他又顺便对她的迷惘作了一番分析：

她迷惘是因为她在听我讲话的时候，与她的不幸疏离了。迷惘是记忆和遗忘的交错地带，是忠诚和背叛杂交的花朵。

这一番话他并没有当场说出来，他想，他应该另外找个机会，和她好好聊聊她的迷惘。他这会儿只是弯下腰，向她表示了一下他对她的迷惘的关切。当然，他没有指出她的迷惘，他用的词是“不适应”：“你是不是有点不适应？来多了，也就习惯了。”女孩没说话。她看了看韩明，又看了看费边，然后浅浅一笑，算是对他的关切的回报。

费边这套精彩的发言其实等于什么都没说，因为他的意见并没有被采纳。当然，所有人的话都等于白说了。为了不耽误议程，大家先把命名的事悬置了起来，开始讨论编辑方针和编委会的设置。方针也不是几句话就能说清楚的，那就先讨论编委问题吧。有人说，这事也没有必要啰嗦，轮流坐庄就行了，要不就抓阄。这不是一个人的意思，好几个人都这么说。说这话时，人们口气轻松，表情俏皮。后来我才意识到，在这个时候，有许多人其实已对这份杂志不抱什么希望了。

它还没有开花，就已经要凋谢了，果实只在人们的梦中漫游。

有一个翻译家，刚才钻在厕所里，没有听清人们的议论，他出来之后，提议大家为刊物集资，并率先捐出了几张大团结（钞票）。别的人也只好去掏口袋。这样一来，一些钢镚就在地上滚来滚去，互相撞击，发出了清脆的声音。

费边跑进书房拿出了一只彩陶，将钢镚收到了一起。他对朋友们说，“我可以拿出一笔钱，先把第一期印出来。”说这话的费边，颇有点舍我其谁的味道。人们都愣了，愣了一会儿，才像鸭子那样齐刷刷地扭过头，去看拎着彩陶站在客厅一角的费边。就在人们这样看他的时候，那个由韩明引来的女人，走到了他的身边，将蹲在地上捡起来的一把硬币，丢进了彩陶壶。

几年之后，当一切都已分崩离析不可收拾，当各种戏剧性情景成为日常生活的写真集的时候，有一天，在朋友的婚宴上，我看着费边，又想起了杜莉往他的彩陶壶里丢钢镚的事儿。费边那天喝得不多，他一直在讲话。刚和新婚夫妇开过玩笑的费边，现在又给同桌的一对恋人讲起了柏拉图的“爱情说”。“柏拉图？不就是那个提倡意淫似的精神恋爱的人吗？”那个男的一边剥虾仁一边说。费边摇摇头，说“朋友，你是只知其一，不知其二啊。柏拉图‘爱情说’的核心恰恰是和受伤的肉体有关的。”他这么一说，我就知道他下面要说什么了。果然，他又讲到了蚯蚓、人和上帝。他说，“柏拉图有一个著名的假说：最早的人就像蚯蚓，是雌雄同体的，后来，上帝从上到下把它劈成两半。人有多高，那伤口就有多长。人必须到处跑，寻找正在别处漫游的另一半，使那伤口愈合。来啊，让我为你们成功的漫游干杯。”那一对恋人爽快地把杯中的酒干掉了，而费边却滴酒未进。柏拉图的那个爱情说，原来是被他拿来劝酒的。

费边对往彩陶壶里丢钢镚的杜莉也说过这样一番话。当然不是在她第一次来的时候说的。虽然她第一次就瞄上了费边，但她并没有很快再来。她再次来到费边家的时候，朋友们的聚会已经风流云散。她这次是和另外三个人一起来的一对美国夫妇，一个女翻译。她先在楼下给他打了一个电话，让他猜她是谁。他平时最烦这种游戏，在他看来，这种对孩子游戏的滑稽模仿一点都不好玩。他刚刚起好一个题目，叫《午后的诗学》，正准备坐下来写一组诗，这个电话把他的心绪全给搅乱了。如果对方不是个女的，他就把电话放下了。对女人总该礼貌一些，再说了，在午后慵懒的时刻，听听一个女人的声音，也是可以提神的嘛。有那么一瞬间，他倒是想起来她可能是杜莉，但她突然又说，她是和两个美国朋友一起来的，这一来，他就猜不出来她究竟是哪路神仙了。他说："你究竟是谁啊，你知道我很笨的。"她用对老朋友说话的口气，说："你真的是笨，算了，不让你猜了，我们现在就上去。"

"其实，我已经猜到是你。"开门一看她是杜莉，他就这样对她说。那个翻译把他的话翻译了一下，那两个老外笑了起来，也说了两句，意思是"你们果然是好朋友"，然后，他们乐呵呵地把手伸给了费边。

四个人盘腿坐在地毯上说了一会儿，费边才明白他们怎么会摸到他这里来。原来是美国人通过一个朋友认识了杜莉，又听杜莉介绍他的情况，对他有了兴趣，跑来了解他们的学术沙龙的。美国人提到的那个朋友，费边也认识，那个人以前到这里来过，现在出国当访问学者了。

起初，他们谈得还比较融洽。费边还没有掌握绕圈子的技巧，得知了对方的来意，他就开门见山地说，他们的学术沙龙已经散掉了。他引用哈韦尔先生的话说，它之所以会散掉，是因为某种东西一开始就已经瓦解，并消耗自身。奇怪的是，美国人对此似乎并不太感兴趣，他们感兴趣的似乎是地毯上的图案。那个美国人把他的话记下来之后，就把话题绕到了地毯上面，说，他们家床边的小地毯上也有这样的图案。费边说，花卉的图案肯定是世界性的，因为玫瑰和狗尾巴花哪里都一样。说过这话，考虑到美国人有边饮酒边聊天的习惯，他就起身给他们倒酒。那个美国女人说，她正在做“简·方达健美操”，只能喝“不带糖分的白色葡萄酒”（直译如此）。费边还没有听说过这种酒，只好打电话给楼下的一家酒店。酒店里的人说，他们刚听说有这种酒，但还没有进过。朋友自远方来，得想办法让人家乐乎乐乎。站在电话旁边，他想，钟子玉家里肯定有这种酒，要不要往他家里打个电话？每走一步都必须找到一个理由，他再次想起了“有朋自远方来”那句老话，这应该能成为理由。那里果然有。没过多久，钟家的小保姆就把酒送过来了。这时候，费边才知道那酒叫“干白”。

喝着来之不易的干白，他们继续聊天。美国女人还是有点闷闷不乐。

到中国来的美国男人，一个比一个快乐，陪丈夫来中国的美国女人，一个比一个不快乐。第三世界对第一世界的威胁就体现在这里：让他们的日常生活不得安宁。

她快乐不快乐，我可解决不了，费边想。他现在要做的是，一方面欣赏女人的不快乐，一方面怎样尽可能得体地回答男人提出的问题。当那个美国男人问他怎样看待海明威喜欢待在古巴，博尔赫斯向往东方生活的时候，费边说，那不是由于遗忘，即便是，那遗忘也并不是记忆的对立面，而是记忆的另一种称谓，对他们而言，那是一种返祖记忆在作祟。

哦，记忆，那个美国人好像知道他要这么讲似的，随即把话题扯到了记忆上面。他现在提到的是另一种记忆。“费边先生，你对你的父亲有着怎样的记忆，这种记忆又在多大程度上影响了你的生活？”好像担心译员无法准确地翻译出自己的话，美国人这时候突然说起了汉语，而且说得还他妈的很地道，至少和来内地卖羊肉串的新疆人不相上下。费边后来对我说，他当时一下子就陷入了沉默。他说，有多少种说话的方式，就有多少种沉默的方式。他引用福柯的话对我说，有些沉默带有强烈的敌意，有些沉默却意味着深切的友谊、崇敬、甚至爱情。他还说，有些沉默是反抗，有些沉默是臣服。“我的沉默算是哪一种呢？我的脑子一下子被吸尘器吸空了。”他说这就是他当时的感受。不过，请别替费边担心，他是难不倒的，我的朋友费边总是能找到化解问题的方式的。他从沉默中迷过来，用说笑的口气把美国人踢过来的皮球又踢了出去。

“没有什么记忆，”他说：“我对父亲的记忆只是一顶帽子。”

美国人是不可能知道帽子在中国特殊语境中的含义的。许多词语，如帽子、破鞋、一老九……一旦进入中文，对老外们来说，它们就成了迷宫中的拦路虎。费边现在打的就是这副牌。那个老美果然被他搞糊涂了，迷惑地看着他，把肩膀耸来耸去的。“就是头上戴的帽子？”老美问。“难道帽子还能戴到脚上？”费边说。说过这话，他就不肯再多说一句了，打过一枪，就该换个地方了。“咱们还是谈点别的吧，比如印第安人的头饰，林肯总统的泼妇，美俄宇航员在太空的联欢。”美国人执意要和他讨论意识形态问题，费边说：“咱们还是谈宇航员吧。谈到宇航员，我这里有两个现成的笑话。一则是，贵国的一艘太空船进入倒计时发射的时候，宇航员突然想大便，他请求把这泡屎拉到生他养他的地球上，没有得到恩准，他只好穿着臭烘烘的裤子进入太空，他的美好的太空旅行就被这泡屎给搅坏了；另一则你可能更感兴趣，因为这跟你想说的意识形态问题有关。说的是苏联的宇航员返回地球的时候，无法降落，因为他的祖国解体了，他不知道该在哪里降落，地面指挥中心也无法告诉他，所以他只好继续在太空漫游，靠数星星打发日子。”他这样一边讲着，一边想。

我讲这些有什么意思呢？想揭示人类存在的普遍困境吗？想用无聊的笑话来填补我们之间的缝隙吗？可不谈这个还能谈什么呢？路德说了，整个世界就像一个醉汉，你从这边把他扶上马鞍，它就会从那边栽下来。和美国人在一起谈意识形态，就是醉汉在搀扶醉汉。

双方都意识到话不投机，就只好喝酒。第一瓶酒喝完之后，费边去书房取酒（刚才那个小保姆直接把酒送进了他的书房）。杜莉跟着走了进来。她说：“我有点晕了。”她拍拍脑门，说自己有点腾云驾雾的感觉，甚至都没听清他们都谈了些什么。“你要不要先去躺一会儿？”费边说，“不，晕着挺舒服的，我迷恋这种晕，”杜莉的嘴很甜，她说：“我还想继续听你说话呢，你比老外还厉害，听你说话长见识的。”

那两个美国人看到他不愿和他们多啰嗦，就提出告辞了。杜莉和他们一起下了楼，并把他们送上了出租车。我的朋友费边就站在窗口，掀开窗帘的一角，看着在路边徘徊的杜莉。接着他又来到了阳台上，站在这凸现于房间之外的地方，他感到他看得更清楚了。就在这个时候，回首张望的杜莉看见了他。杜莉朝他摆了摆手，既像是告别，又像是招引。

对他和杜莉初次做爱的情景的描述，有两种不同的版本问世，而且它们的版权都属于费边。第一个版本里说，他就是在这一天的午后和杜莉上床的。第二个版本里说，事情是在两天之后才办妥的。当费边想举例说明自己办事喜欢速战速决的时候，他就用第一个版本。当他想说明自己办事喜欢按部就班，悠着点来的时候，他就抬出第二个版本。我本人喜欢速战速决，所以我没给商量，就决定用他的第一个版本来叙述故事。为了说得清楚一点，在讲的时候，我可能还得稍加一点自己的想象，把他的版本适当扩充一下。

杜莉向他招手之后，大约只过了几分钟，等在门后的费边就听到了敲门声。可以想象，这个时候的费边已经通过门上镶嵌的“猫眼”，看见了上楼上得有点气喘的杜莉。接下来要发生什么事，费边当然是清楚的。不但清楚，他还要预先作点分析。

在任何时代，性和真理都像麻花一样扭在一起。性的游戏就是真理的游戏，真理的游戏也就是性的游戏。

他的分析没能更好地深入下去，因为，他的手等不及了，把门突然打开了。没有必要的过渡，他们就像费边刚才想过的那种麻花那样，很快扭到了一起。双方的动作都很娴熟，娴熟得就像拿着自己的钥匙去开锁一样。你一定觉得他们有点太急了，还缺了点什么。这一点费边也想到了，因此在开锁的时候，费边做了一点必要的补充，把“我爱你”三个字说了出来。这三个字组成的是一个最简单的主、谓、宾齐全的句式，多说几遍也耽误不了多少时间，杜莉大概也懂得这个道理，就陪着费边把它说了好几遍。在重复这句话的时候，杜莉插进来了一句："费先生，我上来也只是想陪你再喝几杯。"

他们已经松弛下来了。一松劲，就有机会寻找借口了，费边想，找借口还不容易，我可以随口就来。他说："你说得对，我在阳台上转悠的时候，心里也在想，怎么能让你上来再喝杯酒呢。正这样想着，你就来了。"他说这番话的时候，"借口"这个词像一个磁性的亮点似的，在他的脑子里飞快地移动了起来。

如果找不到借口，她说不定就不上来了。谈情说爱需要借口，开枪需要借口，干什么都离不开借口。借口往往被当成历史必然性上空飘的花絮，可是，如果这样的花絮飘满整个天空，遮天蔽日，挡住了所有的光亮，你还有什么理由否认历史和人本身就是一种借口。

费边起身去给杜莉拿酒的时候，脑子仍在快速地转动着。他想到了诗学问题。

"借口"，这个词放列诗歌里面，你甚至很难找到另外的词和它押韵。它是一个异物。它只能靠自我重复，来凑成拙劣的韵律。它被诗学排除在外，可它却构成了历史诗学。

许多天之后，在一张酒桌上，当费边提到他对“借口”这个词的分析的时候，朋友们都拍案叫绝。朋友们当然不可能想到，他那灵感的火花最初是这样闪耀出来的。

这一次，他没跟杜莉谈柏拉图的“爱情说”。他得留一手，他要在合适的时候，像盖章那样，把这句话盖到她的脑子里。以前，人们是先结婚后恋爱，时代不同了，现在是先做爱再恋爱，做得多了，也就像是恋爱了。有一天，吃着她烧的对虾，费边感到自己确实有点爱上她了，就把柏拉图搬了出来。他讲得是那么形象、逼真，好像真的有两个半边人在天空漫游。他从杜莉的眼睛中看到她听得很入迷。他对她说：“现在好了，我们已经缝合到了一起，成了一个完整的人。”

杜莉的眼睛仍然睁得很大，仿佛还被那虚无缥缈的情景吸引着。费边被她的神态逗乐了。他摇摇她，似乎是要把她从梦幻中摇醒。

她提了一个问题：“我们的孩子，孩子的孩子，生下来的时候，也是小小的半边人吗？”

这个问题是那么简单，费边用筷子在桌上划拉了两下，就把问题给她解决了：“没错，亲爱的。在他们还不能叫作人的时候，就已经是一半一半的了。一半叫作精子，一半叫作卵子。这个时候，他们漫游的区域比较小，只是在精囊和卵巢里兜弯子。当然，在另一个意义上说，区域也不能算小。因为我们这些人到处漫游的时候，都把他们随身带着。”

许多年来，费边一直在大学里教书。他喜欢待在这种地方。他认为，对中国知识分子来说，只有待在这里，才能感到角色和人不分离，就像演员和角色的不分离一样。这话是不是有点玄乎？它是费边说的，玄乎不玄乎与我无关。如果你觉得听不太明白，你就把这话放到一边算了，不要去深究。

照我的理解，他之所以要待在这种地方，是因为他可以在此获得舌头的快乐。他在这里讲述、分析作家的作品，无论讲得是好还是孬，都有法定的听众（学生们如果旷课，就别想领到象征着知识分子身份的毕业证）。当然费边的课讲得还是不错的，可以毫不夸张地说，他是同系的老师当中讲得最好的。他肚子里装了那么多的知识，他随口吐出、一点，就够那些莘莘学子琢磨终身了。学生们对他已经不是一般的尊敬，而是崇拜了。一次，一个学生在课堂对他说：“费先生，当老师就要当你这样的老师。你就像一个国王。”费边连忙谦虚地摆摆手：“可不能这样说，我做得还很不够。卢梭有一句话，我不妨在此提一下：在盲人的国度里，独眼龙就是国王。”

这里，我冒着以小人之心度君子之腹的危险，透露个秘密：费边乐意待在校园里，还有一个重要原因——他迷恋校园里的女孩子。据说现在的女大学生只有一半是处女，究竟是不是这样，我没有统计过，不敢多嘴。我倒是就此事问过费边，费边说他也咬不准。费边说，她们纯洁也好，放荡也罢，先不去管它，有一点是可以肯定的，她们都很有味道，可以给人无尽的遐思。费边说，她们都受到了较好的文化熏陶，起码能读懂印在明信片、贺卡上的诗句，不像社会上的那些生瓜野枣，让人看着就头疼。他还说，等你看够了这一茬，不用你操心，国家就替你把事情办好了——让她们毕业了，夏天和金秋嬗变的时候，嗷嗷待哺的一批就又来了：

她们就像顺水漂流的花朵，

无需抚摸

食指就充满了芬芳。

可以说，在和韩明闹僵之前，费边每次走进校园，心中都是充满喜悦的。结婚之后，他从某个漂亮的女大学生身边走过，闻到她们身上的那种少女的香气的时候，他虽然也会感慨生活不够完美，但这并不影响他那有理性的快乐。他懂得这样一个道理：蛋糕上的糖霜虽然少了一点，可它终归是一只有糖的蛋糕。

杜莉生完孩子刚出院，有一天，费边正在家里观察孩子吃奶，电话响了。他没有马上去接，他觉得没什么比看孩子吃奶更有意思。别的不说，杜莉那刚从孩子嘴里拔出来的乳头就很有意思，它像桑椹一样饱满而且发紫。以前它们一直在游戏，是无用之用，现在开始工作了，呈现出无美之美。电话还在响着，杜莉催他去接，他只好丢下乳房，朝电话走过去。是韩明打来的。韩明说："哥儿们，你是不是也在坐月子？"费边说："和坐月子差不多，我正在突击学习怎样做父亲。莎士比亚的《威尼斯商人》里说，了解自己孩子的父亲才是聪明的父亲。我正学着做一个聪明的父亲。”韩明说：“男人的那玩意只要没什么大问题，都能做父亲。”他承认韩明说得没错，可他现在正在兴头上，不愿听这种话。他对韩明说：“话可不能这么讲，男人要想当父亲，必须借助神力。”他还想继续和韩明讨论做父亲的问题，可韩明打断了他。韩明说：“闲话少说吧，我打电话是通知你来开会的。我或许应该提醒你一下，你已经有三个星期没有露面了。”费边这才突然想起，韩明可能是以系主任兼系党总支副书记的身份和他说话的。在杜莉入院前几天，韩明曾对他说过，任命书已经签过了，只待宣布了。那一天，韩明还说，上任之后，他要烧三把火。第一把火是整顿纪律，每星期二下午的政治学习，实行打卡制度，谁的卡片没有翻过来，就扣谁的奖金，这叫精神和物质挂钩，不管好不好，先挂一段时间再说。第二把火是举办系列学术讲座，搞讲座就是吹小号，小号滴溜溜一吹，系里的学术气氛就会严肃而活泼。韩明说，他首先要请的就是那个和他抬过杠的写《论语新注》的家伙，那家伙不是很能吹吗，那就让他来吹两次。韩明说，他要烧的第三把火是在系里设立一项“学术基金”，谁在国家级刊物上发表了论文，就另付给谁一笔稿酬，别人眼红也没用，有本事你自己也找门路托关系发表去嘛，又没人拉你的后腿。费边记得，韩明最后还很得意地说了这么一句：“操他娘，老子这三把火一烧，你看能把系里烧成什么样子。”费边当时不知道该对韩明说些什么，当韩明征求他的看法时，他说：“哈姆雷特有一句话很有意思，‘这是一个颠倒混乱的时代，唉，倒霉的我却要负起重整乾坤的责任。’看来，你要当哈姆雷特了。”这会儿，费边想，看来韩主任真的是走马上任了。

第二天就是星期二。在系主任办公室，费边找到了韩明。他从中袋里掏出一把大白兔奶糖，撒到韩明的办公桌上，说：“吃，吃啊，为我女儿祝福一下。”

韩明捏起一颗糖，起身上了厕所。在厕所门口，韩明把脑袋探出来，示意费边过去一趟。费边不知道韩明的葫芦里卖的是什么药，就迷迷糊糊地走了过去。站在小便池前，韩明说：“哥儿们，这糖我是要吃的，”说着，他剥开糖纸，将大白兔塞到了嘴里：“这糖我吃了，可奖金还是要扣的，扣你这个月的五十元奖金。”费边说：“扣就扣了，我没意见。我愿意当一只鸡。”

“不是鸡。我这是杀猴给鸡看。”韩明说，“这样吧，这个月的奖金我替你出，算是我送给侄女的一份小礼物。喂，孩子的名字起好了没有？”

费边说：“你这么一说，我就想到孩子该叫什么了。这是孩子收到的第一份礼，那叫她费礼算了。”

“费礼？”

“对，就叫费礼。‘礼’字和杜莉的‘莉’字谐音，挺好的。要紧的是，它可以纪念我们之间的友谊。”

这个时候，这两个人之间的关系还是说得过去的。用费边的话来说，就是“我们虽然不像过去那么热乎，但在别人眼里，我们还像狗皮袜子那样，没有反正之分。”他们闹僵是在这一年的6月中旬，在歌咏比赛的彩排现场。每年的这个时候，学校都要筹备歌咏比赛，先是各系组织排练，然后比赛，获得前几名的系，再联合组队，拉到社会上和别的单位比赛。以前，系里总是出钱雇佣省、市歌舞团的演员来担任领唱和伴舞，再叫上一些闲着没事、喜欢扎堆的教师，拼凑起一支杂牌军，去和别的系较量。可这次不同了，新官上任的韩明首先向学校提出，各系都不能使用雇佣军，凭真本事进行一次公正的比赛。他的建议被学校采纳了，并以红头文件的形式发到了各个系里。其实，韩明的过度认真还是可以理解的，这是他上任以来遇到的第一个大型活动，他当然想把它搞好，给自己的从政生涯来个开门红。

最后一次彩排的时候，精益求精的韩明突然发现有几个教师是在那里滥竽充数，因为他们的口型缺少必要的变化。费边做得更绝，别人张嘴的时候，他的嘴闭着，别人闭嘴的时候，他的嘴却张着。韩明恼坏了。他让这几个人出列，把他们叫到舞台的一侧，问他们是否存心要给中文系脸上抹黑。教现代文学的那个老师说，他想唱，可就是记不住歌词。韩明眉毛一挑，说："别逗了，你能整段整段背诵《野草》，却记不住这几句歌词？"就在这个时候，被晾在一边思过的费边忍不住了，他感到自己得说上几句了。他给那个教师递了一根烟，说："这一点都不能怪你，要怪只能怪这些文理不通的歌词。"他的话让那个挨训的教师也听迷糊了。费边说："这种文过饰非的歌词，虚张声势、咋咋呼呼的曲调，和真实相违背，先天就具有被人遗忘的性质。"他又问韩明，"你说是不是这个理儿？"费边后来告诉我，他的话打动了韩明，因为韩明本能地呈现出了恍然大悟的表情。他说，按照他当时的理解，韩明之所以没有接他的话茬，是因为聪明的韩明知道有些真理是无须讨论的。韩明把他拨拉到一边，对那个著有《建安风骨论》的副教授说："你呢，你也是记不住歌词。"副教授说："歌词我倒是记住了，曲也听熟了，问题是，往人堆里一站，听大家像打狼似的那么一吼，我的舌头就不听使唤了，舌头就跟过敏了似的。"在副教授嬉皮笑脸说话的时候，我的朋友费边在他身边转来转去的。这时候的费边，就像一条经过特殊训练的警犬，听到一点声音，闻到一点气息，就会条件反射地作出分析和判断。

他说得对。这些词曲一旦和个体经验相脱离，就成了虚妄之物。记不住它，是因为它遭到了人的记忆的排斥。蒙田说过，记忆奉献在我们面前的，不是我们所选择的东西，而是它所喜欢的东西。能记住了，可转眼就忘了，那是因为它即便借强势力量侵入了记忆，它也无法在时间中扎根。记住了没忘，那也白搭，因为你发出的是别人的声音，它取消了个人存在的真实性。刚才这位老师用到了一个词——"过敏"，这个词用得好啊。过敏性反应的常见症状是休克、荨麻疹、皮炎，发不出声音，可以看成是'舌头的休克"。

费边觉得自己的这套分析很有点味道，他不是一个自私的人，不想一个人独吞，就把它贡献了出来。他这种说话风格，韩明又不是没有领教过，韩明以前对此总是赞赏有加。可这一次，费边刚说完，韩明就对身边的人说：

“大家看啊，我们的费先生是不是吃错了什么药。”

没等别人作出反应，韩明就对费边说：

“我还没有问你，你怎么就像娘儿们一样啰嗦开了？”

即便是傻瓜，也能听出韩明话里的敌意，何况费边并不是一个傻瓜。看在多年朋友的份儿上，费边没有立即让韩明难堪，他只是说：“我来之前，确实吃了点药。我吃的是健忘药。我把这些陈词滥调全忘光了。”

别以为费边能轻易把韩明的嘴巴堵住。韩明也不是吃素的。当初能混进那个学术沙龙的人，都是有几把刷子的。现在，博学的韩明对费边的回击，同样是引经据典的。韩明说：“健忘药可是个好东西。让我们感谢健忘的人，因为他们也忘却了自己的愚蠢。”他刚说完，费边就知道他引用的是尼采的话。他对韩明说：“尼采要是知道你在这种场合引用他的话，在天之灵一定会感到不安的。”

费边想起了《李尔王》里的一段台词，只是他记不起来那是哪个角色的台词了：

这年头傻瓜供过于求，

因为聪明人也要装作糊涂。

顶着个没有思想的脑壳，

跟着人画瓢照着葫芦。

学人过招，一招一式都很有讲究。他们就像两个提线木偶，在后面提线头的，都是他们景仰的大师。他们就那样闹着，好像都对此上了瘾。闹了一会儿，韩明说：“大人不计小人过，我不跟你闹了。费边，你要是不想唱，现在就可以走。”费边不走，他说他想听韩主任唱：“你先唱唱，让大家听听嘛。”他知道韩明肯定也没有记住歌词，因此他鼓动人们欢迎韩明来个男声独唱。韩明慢悠悠地说：“我是公鸭嗓子，唱不好的。你们要是真想听歌，那就到费边家去听。你们大概还不知道，费边的夫人杜莉女士，在被学校开除之前，曾是一个人见人爱的校园歌手。”

费边可没有料到韩明会来这一手。他正要质问韩明是什么意思，韩明又对他说：“你要是允许大家去，我现在就出去叫车，车钱由我来付，让大家领略一下杜莉的风采。”

费边出手了。他朝韩明捅了一拳。

有那么一段时间，我每次见到费边，聊着聊着，他就提起他的出拳。“那一拳要是打着他的话，非把他的鼻子打歪不可。”他虽然没有打着韩明韩明（当时机警地闪了过去，费边打空了，还差点摔倒在地），可他知道两个人的关系就这样玩完了。他想韩明肯定会寻机报复他。“他不会放过我的，一个槽里拴不住两条叫驴，你看好了，这小子肯定会在我背后捅刀子的。”怎么个捅法呢？他排列了一下，觉得不外乎这么几种：在学生中活动，收集他平时在课堂上讲过的一些不够慎重的言辞，将它们整理成册，交给有关领导，将他赶下讲台，在职称问题上给他穿小鞋，在朋友当中造他的谣，说他出于嫉妒，拆老朋友的台……

“母鸡不撒尿，各有各的道。真的闹到这一步，我也不是手端豆腐的，我也能想办法逼他就范，”他说：“我上头有人。”我注意到，这个时候的费边经常引用中国的民谚和典籍，诸如“先下手为强”“老虎屁股摸不得”“死猪不怕开水烫”“曲则全，枉则正，洼则盈，弊则新”“人不犯我，我不犯人”……它们言近而旨远，形象而生动，都是中国人智慧的结晶。这些本土的民谚、典籍和西方哲人的格言、警句，经过了费边的高压锅，就成了色香味齐全的什锦菜肴。那实在是丰富的精神食粮啊。

但是，有一天，费边兴致勃勃地谈论了一通他准备对付韩明的计划之后，他突然也对自己所有使用的杀手锏作了一通分析。他说，这其实是典型的窝里斗，是吃饱撑的。他说，据说人类一思索，上帝就发笑，其实轮不到上帝发笑，人类自己就忍俊不禁了。那一天，他还给我谈到了铁血将军巴顿的故事。巴顿在二战时率领“巴顿军团”驰骋沙场，是二元对立时代的英雄，他是一个被战争异化的人，和平就是他的地狱。说完这话，他就陷入了长久的沉默。我想，辞职的念头，他大概就是那个时候产生的。当天晚上，我回到家，接到了杜莉打来的电话。她问我和费边都谈了些什么（她这样追问，使我感到很不舒服）。她说，费边好像犯病了。我紧张了起来，问是什么病。她说，费边正在草拟辞职报告。她怀疑他是发高烧，烧糊涂了，就把体温计塞到了他的嘴巴。杜莉说，他的体温现在是37℃，只比正常体温高出一点，还不至于把人烧得神志不清，她不能不怀疑费边的脑子是否受到了什么刺激。我说那怎么可能呢，他或许是在和你开玩笑。我这么一说，她的嗓门就抬了起来，把我吓了一跳。她说：“别装蒜了，去把费礼的屁股擦了。”我赶紧把电话放下了。

是不是由于杜莉的反对，他才打消辞职念头的，我不知道，反正他并没有真的辞职。在第二年的秋天，他的对头韩明被撤职之后，他的同事们都在背后议论，说费边有可能升上去，顶替韩明坐上系里的第一把交椅。这种议论是那样盛行，连我这个局外人都有点信以为真了。我以为费边之所以一直没有向我透露，是因为他想在最后给我一个惊喜。这么说吧，我当时已经打起了小九九，等费边一握住权力，我就让他帮忙把我弄到他的学校，当一个驻校作家。可最后，费边让我们这些人都失望了。

事后，我曾向费边谈起过我当时听到的一些说法和我自己的打算。费边说："并不是没人要我干，上头确实有人找我谈过话，可我不想干，我想当一个自由知识分子。"他告诉我，找他谈话的就是主管文教的钟副市长。他说，钟市长曾问他是不是想换个地方再当官，他说不是。他对钟市长说，他也不想换地方，因为一换，外面所传的韩明是他搞下去的说法，不是真的也变成真的了。费边说，杜莉倒是想让他捞个一官半职，可他没有搭理她那么多。

我现在突然发觉，我其实无法描述杜莉这个人，甚至连她的面貌我都无法准确把握住。就像变动不羁的现代生活不可能在记忆中沉淀为某种形式，让人很难把握一样，杜莉相貌的多次变更，使我在试图描绘她的时候，显得无从下手。自从我见到杜莉以来，她的相貌就缺乏稳定性，而且越到后来变化越快。现代各种化妆术、美容手术，在每一个爱俏的女人脸上找到了用武之地。它们不仅能够改变女人皮肤的颜色、松紧度，而且能使女人脸上的骨头、重要器官、甚至种族特征，在午后短暂的时间内，发生变化。

在费边看来，有一个若有若无的杠杆在引导女人的脸蛋，使那些脸蛋越来越标准。男人无法通过视觉来判断对方是谁了，只好依靠嗅觉，通过闻体味来判断和自己同床共枕的女人究竟是谁。可嗅觉也会失灵，因为一滴香水就能改变一个女人的体味，甚至能把一个人身上的狐臭味给盖掉。看来只好依靠听觉了。费边说，通过听觉是不是就一定能分辨出对方是谁，他是不敢把手指头伸到磨眼里打赌的，因为人的嗓子同样会变。由于各种发声方法的引进，一个女歌手在行家的调教下，几天之内，就会变调。费边说，算来算去，似乎只剩下一项判断依据，那就是习惯，但这也并不是非常可靠。马克·吐温说，习惯就是习惯，虽然任何人都不能把它扔出窗外，但是可以将它慢慢地轰下楼。费边的这段精彩的论述，显然来自他对杜莉的观察和思考。有一次，我和费边在谈起这方面的话题时，费边突然对女人的这种变化做了一点勉强的肯定。他神情诡秘地说："也不能说一点好处都没有，和这种变来变去的女人做爱，你时常会感到你是在和大众通奸。一般的通奸只能让人感到惊喜，这个呢，还能让你有一种很磅礴的感受。"

1993 年的春天，我在济水河边的小广场再次遇到杜莉的时候，我一下子就想到了费边的精妙论述。当时，我真的差点没把她认出来。她的鼻梁垫高了，新割了双眼皮，下巴似乎也动过——她原来的下巴比较短，现在变得比以前尖了。或许是由于化妆的缘故，她的嘴巴也变得比以前更大了，如果你认为青蛙的嘴巴是美的，那你就得承认杜莉的嘴巴也是美的。她连名字都改了。在演出的节目单上，她的名字叫卡拉。对一个想在江湖上混出点名堂出来的女歌手来说，这个名字确实非常 OK，因为它能让人过目不忘。我猜对了，这个名字果然是费边给起的。

我是应费边之约，来这里欣赏杜莉的演出的。这是我第一次在公众场合听杜莉演唱。坦率地说，她唱得并不好（至少在我看来），她的嗓音有点沙哑、疲倦，唱起来也毫无激情，和我想象中的杜莉有着云泥之别。这一天，她按要求唱了一首老歌——《北京的金山上》。唱完之后，她来到我和费边跟前，征求我们的看法。她征求意见时的神态娇羞可爱，同时又显得很郑重其事，让人马虎不得。我说唱得好啊，有点老歌新唱的味道，真是有意思啊。我正担心会不会惹杜莉不高兴呢，费边接口说，这就对了，要的就是这种效果。

“你说的是真的吗”杜莉问我。

我说是真的，照这条路走下去，或许能唱出一点名堂的。千万别怪我言不由衷，我说的这些话都是费边事先交代过的。当然，费边不交代我，我也不可能实话实说，对朋友的老婆，客气一点总是没错的。我刚讲完，费边就说：“这是根据她的嗓音条件，作出的一个基本定位。这样搞没错，在美学上，这就叫作以丑来表现美，可以传递出一些复杂的感情，它还有点像叙事学上讲的复调。”说到这里，费边突然像拍蚊子那样，在自己的脑门上猛拍了一下，然后又像弹奏乐器似的，几根手指在脑门上弹来弹去，他的眼睛一下子显得很亮，说："我知道怎么对付那个老家伙了。"

"哪个老家伙啊"杜莉笑着问他。

"陈维驰啊。"费边说。

杜莉对他那样大惊小怪很不以为然。她说："你找他干什么，钟叔叔不是已经给他打过招呼了吗？"费边说："让我怎么说你好呢，说你头发长见识短吧，你又不高兴。不找他行吗？我可不能让你给他留下走后门的印象，我要亲自去说服他，免费给他上一课，让他知道选你参赛、获奖，是公正的选择。"

陈维驰是本市的音协主席，是即将举行的大型声乐比赛的评委主任。此人在法国、奥地利、上海、延安、北京都生活过，是音乐界有名的作曲家和声乐理论家。杜莉一直想让费边带她去拜访一下他。有一次，费边正在我那里聊天，杜莉把电话打过来了，催他去找陈维驰。他说，他已经给钟叔叔讲过了，由姓钟的去打招呼。放下电话，费边就对我说，托尔斯泰那句话说得真是地道啊，女人是男人身上世俗的肌体。他告诉我，他实在不愿搭理陈维驰。他说："陈在任何时代都是弄潮儿，从不犯错误。爱默生说，从来不犯错误的人，一定是谬误的化身。这种人是不能打交道的。"其实，就我所知，他不愿见陈维驰，主要是因为陈维驰还是个巧舌如簧的理论家，既能把一根稻草说成金条，也能把一根金条说成稻草。如果你没有足够的思想准备，你就别想说服他，见他还不如不见，因为那只能把事情搞得更糟。

为了让自己的老婆高兴，许多天来，他一直在寻找和陈维驰谈话的角度。在他看来，角度的问题是个非常重要的问题，找角度具有非同寻常的意义，它类似于点穴。干什么事都需要找角度，写诗、打井、在公共汽车上放屁、分析课文，甚至做爱，都需要角度。做爱的时候，如果你不能合理地安排体位和角度，不但自己痛快不起来，还会惹对方不高兴。谈话也是这样，特别是和陈维驰这样的永远吃香的家伙谈话，如果你事先选不好角度，对方可能会像轰苍蝇那样，把你轰出门外，或者干脆用蝇拍把你给拍死。

他是第二天去找的陈维驰。在路上，他一直在想陈维驰首先会问哪些问题，他该如何应答，然后在应答中穿插进自己的问题，进而把他摆平。他想："我或许应该先说我喜欢他的作品。可是，如果他问我喜欢他的那些作品，我就傻眼了，因为我只记得他的一首歌，准确地说，只记得由他谱曲的一首歌中的一句歌词。"那是什么歌词啊，"官逼民富咿呀嘿，民呀不能呀不富”。他想，这个老陈可真他妈的是个大滑头啊，轻而易举地就把一句成语化成一贴皮炎平软膏。这是一个春天的早上，从黄河故道吹来的风沙，弥漫在城市的大街小巷。被水淘洗得干干净净的沙粒，一进入城市就变成了脏兮兮的尘土，它们像桃毛一样，使人皮肤发痒。费边乘坐的面的在尘土飞扬的道路上奔波。要在平时，他或许会对那些尘土作出精彩的分析，但眼下，他顾不上这个了，他得抓紧时间分析陈维驰的心理。陈维驰是一只狐狸，和狐狸打交道可不是闹着玩的，一定要谨慎。阿奎那在《神学大全》中说，谨慎是所有德行的原则。费边想，他不能提那首歌，八面玲珑的陈维驰或许会认为他是在拐弯抹角地骂他。怎么办呢，总不能一上来就直奔主题吧还是需要先说一些陈词滥调的。他一时有点慌神了，因为他不知道该说哪些陈词滥调。离陈维驰家不远了，他得赶快把这个问题解决掉，于是，他让司机把车开到路边。司机以为他要下车了，就把发票撕了下来。他只好对司机说他还没有到站，他只是想让车停下来，使他可以安静地思考一个问题。司机迷惑地看了他一会儿，问他需要思考多长时间。他说，这可说不定。司机显得很不耐烦，说：“不说那么多了，你交钱走人吧。我还得到丈母娘家接人呢，去晚了，那老东西饶不了我的。”

见司机说得那么可怜，他就把他放走了。现在，费边站在路边，抓紧时间想着问题。有那么一段时间，他的注意力集中在“陈词滥调”这个词本身。他想起很久以前，他曾在朋友的聚会上，引用过一段哈韦尔先生的话，来说明自己的观点。那段话他现在一时想不起来了，能想起来的只是其中的一句：陈词滥调是这个世界的中心原则。哈韦尔恶作剧般的反讽使他这个引述者，在当时感到无比畅快（仅仅是引述本身就已经让他畅快了）。然而现在，当他又想起这句话的时候，他却怎么也畅快不起来。他站在路边的窨井盖上，在飞扬的尘土和杂乱的人群中，脑子里乱成了一团麻。

费边多虑了，当他真的赶到陈维驰家的时候，事情远不像他事先想的那么复杂。他和陈维驰很快就聊开了，聊的并不是陈维驰的作品，而是巴赫的《马太受难曲》和陈维驰计划中的婚礼。之所以聊这个《马太受难曲》，是因为他走进陈维驰的工作间的时候，那庄严的旋律就在他耳边回响。陈维驰的小情人把费边领进去之后，就退了出去。费边和陈维驰以前曾在各种会议上见过面，所以陈维驰上去就把他给认出来了。陈维驰开口就问他：“费边，这支曲子你是不是也常听？”费边说，他知道巴赫，但听得很少。

“起码得听听这一首，此曲只应天上有啊。”

陈维驰说着，就把音量调小，给他补了一课。陈维驰说，说起来这首曲子也是应命之作，因为它是献给王后的，应命之作能写得如此漂亮，确实可以给我们很多启发。陈维驰说，这支曲子在1843年首演的时候，大厅里鸦雀无声，人们仿佛在教堂里倾听福音，参加礼拜仪式。陈维驰召小情人给费边倒上菊花茶，并让费边发表一下自己的看法。费边说：“陈先生说得对，巴赫就是巴赫，就像上帝就是上帝。”

“和这些大师一比，我们的作品就像是济水河上漂浮的垃圾，惭愧啊惭愧，”陈维驰说：“我想好了，这次结婚，我一定要选用这首曲子来代替《婚礼进行曲》。”一谈到婚姻，陈维驰的那个小情人就进来了（刚才她在外面一定竖着耳朵听着呢）。陈维驰说他初步定在“七·一”结婚，按照他的设想，他想到教堂里举行婚礼，可这是在中国，他不得不考虑到国情和自己的身份，所以他现在感到很为难，只好在平时把这支曲子多放几遍，聊以弥补缺憾。陈维驰的那个小情人插嘴了，说：“当然得考虑周全，要是在教堂里搞，钟副市长可能就无法来了。”她又对费边说，“大诗人，你要是能把钟市长拽到教堂里，我们就在那里搞，然后到教堂门口的那个海鲜城撮（吃）一顿。”

“陈先生，你家里有没有电脑？”费边突然来了一句。他的发问显得没头没脑的，把陈维驰和他的情人都问傻了。

费边说：“你们可以先在Internet互联网上举行个教堂婚礼，然后在‘七·一’再举行一次，这样就两全其美了。”见他们还在那里发愣，费边的话匣子就打开了。他说现在最时髦的婚礼就是在Internet互联网上进行的，新郎、新娘、神父和亲朋好友，从各个地方进入虚拟的网上教堂，完成网上联姻，让你不费吹灰之力，就可以过一把教堂婚礼的瘾。

在这里，我得顺便说一下，费边对此其实也是一知半解，因为这个信息是我提供给他的，他甚至都不知道那是日本富士通电脑公司搞的玩意儿。可费边现在把那对傻帽儿都唬住了。费边还说，如果他们感兴趣，他可以帮老夫少妻进入那个神奇的互联网。

太好了，不用说什么陈词滥调，不需要有什么心理负担，只是谈谈电脑，就和陈维驰沟通了。我想这时候费边心里一定非常得意。他现在觉得应该趁热打铁，把杜莉的问题解决一下，然后就拍屁股走人。他对陈维驰说：“陈先生，见你一次很不容易，我想趁这个机会向你请教一些学术问题。”陈维驰没吭声，但他的脸上浮现出了笑意，那笑意告诉费边，他愿意随时解答他的难题。费边说这些问题是他听了杜莉的歌唱之后才想到的，不知道对不对，愿聆听先生的教诲。费边的这套话很妙，应该记下来。

亚里士多德首次提出艺术可化自然丑为艺术美，认为给人痛感的事物，如果能在艺术中得到忠实的描绘，就会给人以快感。莱辛认为艺术家可以把丑作为一种组成因素，自然中的丑往往更能表现性格。丑并不是假和恶，陈先生，我觉得这些大师们的说法都非常有道理。实际情况大概也正是这样，丑一旦进入审美领域，就具有了积极的审美价值了。而杜莉，就是那个准备参赛的卡拉，她的歌声，似乎正系于这些背景性命题。陈先生，我也不知道我这样想有没有一点道理。

因他这么讲的时候，他突然觉得杜莉和这些问题似乎还不能完全挂上边，有点驴唇不对马嘴的味道，但既然讲了，就不要耽搁了，干脆一口气讲完算了。这样讲完之后，他期待着陈维驰作出反应。过了一会儿，陈维驰终于开口了。陈维驰说：“我完全同意你的看法，不过，我们就不要再在亚里士多德们的身上浪费时间了。费边，你说奇怪不奇怪，昨天，有一个歌星缠了我半天，她对亚里士多德是哪个时代的人都不知道，竟然也向我谈起了亚里士多德，亚里士多德好像与麦当娜、卡拉斯一起，成了她们的偶像。费边，咱们还是来关心关心钟市长的身体吧。”

费边的脑子转得很快，他意识到陈维驰是想搞清楚他和钟市长的关系到底怎么样。这个问题难不倒他，他觉得自己照样有把握唬住陈维驰，只是他一时不知道该从何谈起，因为关于钟某人的现状，他知道得并不比别人多。钟患的是前列腺炎，走路时习惯叉开腿，给人的感觉，好像他的大腿根夹着一个火球。这谁都知道，因为他每次在电视上出现的时候，都是这么个模样。别人即便不知道他患的是前列腺炎，也能猜出毛病就出在那个部位。费边这么想的时候，他发现自己已经推开椅子站了起来。现在他知道自己要干什么了——他要把钟市长的走姿学给陈维驰看看。

他郑重其事地在陈维驰的木质地板上走了一圈，边走边说："没办法，他只能这样走，因为他的那个地方怕磨。"他讲的本来是众所周知的事实，可经他这么一学，就带有某种私人性了，仿佛只有他知道得最清楚。陈维驰和他的小情人都被他的滑稽模仿逗乐了，连费边本人也忍不住哈哈大笑起来，一种狂欢的气氛，就在翻来覆去播放的《马太受难曲》中，达到了高潮。

费边大概觉得还有点不过瘾，还应该再"透露"一点什么，再逗逗眼前的两个活宝。于是，他又顺口胡诌了一通："只有回到家里，他才可以少受一点苦。是这样的，他一进门，就把屁股放到了轮椅上，由小保姆推来推去的。他在家里很少走路，只有上厕所的时候，他才会走几步，因为小保姆无法陪他撒尿。"

陈维驰的那两支多次指挥过乐队的手，现在夹在双膝之间，快速地搓来搓去。他笑得太凶了，费边甚至有点提心他笑死过去。

这一年的月底，杜莉如愿参加了那个全市声乐比赛，她演唱的是陈维驰的新作——《第一个节日》。这一天，费边很早就赶来了。他坐在下面，拿着节目单，着急地等待着卡拉女士的出场。因为参赛歌手有很多，所以他等着等着，就觉得不应该这样白等，应该思考点什么问题，否则时间浪费太可惜了。《第一个节日》这个歌名引起了他的兴趣，他对“节日”这个词作了一番长驱直入的思考。他后来的那篇很精彩的短文——《我们每天都在过节》，就是在这个圆形剧场构思出来的。费边发现，我们几乎把所有的日子都命名为一个节日，除了清明节需要放一些低沉的哀乐之外，其余的日子，都在召唤着人们打开嗓门，引吭高歌。他还发现，其实，几乎每一个节日的背后都隐藏着死亡，只有众多的牺牲和重大的死亡事件，才能使某一天成为让后人欢庆的节日。最后，他拐弯抹角地推导出这样一个结论：我们这样热衷于过节，目的是为了我们个人的生命在节日的庆典中，变得像桃皮上的绒毛一样微不足道。

这一天他正在那里长驱直入地思考问题的时候，一个留着漂亮的络腮胡子、穿着黑色圆领短袖衫的男子，来到了他的身边。这位男子自称姓李，叫李辉。他手中捧着一束花。他说，他刚才在门口看见了他，就跟着进来了。自称李辉的人，说自己既是费边诗歌的热心读者，同时又是卡拉的歌迷。“我以前听你朗诵过诗歌，从那时起，我就是你的崇拜者了，爱屋及乌，后来，听说卡拉是你的妻子，我就喜欢听她的歌声了。”这个看上去比他小不了几岁的年轻人，不像是个盲目的追星族。费边就把腿从座位的扶手上取下来，把身体放正，打量起这个人。年轻人显然担心费边不相信他，就当场低声吟诵了费边的一首短诗：

神啊，
有人通过祈祷走近你；
有人通过犯罪跑近你；
而我，通过语言的枝条，
编织你的荆冠。

费边没有理由不激动。在这世俗的剧场里，被冷落的诗歌之鸟，突然栖落在他的肩头，他当然要激动。最近一年，他虽然很少写诗，可在内心，他仍像古埃及人对待木乃伊那样，精心守护着自己的诗神。舞台下面的光线有点暗，再加上那人的胡子太多，他一时无法看清对方的脸，这更加深了那梦幻般的气氛。这就给费边留下了这样一种印象：这个年轻人仿佛是在他的梦中出现的。他想跟他说上几句，但年轻人很快就告辞了，并说以后会登门拜访的。费边搞不清他从哪里来，要到哪里去，又不便多留他，一时就有点迷惘。他想站起来送送人家，可他刚站起来，就被对方按进了座位。

这一天，杜莉得的是二等奖。这实际上是本次声乐比赛的最高奖，因为一等奖是个空缺。在事后散发的宣传材料中，评委们说，之所以让一等奖空缺，是想让歌手们知道艺无止境。陈维驰的说法更妙，他说这是要把一等奖看成是对未来的召唤。晚上，费边夫妇请评委们喝完庆功酒，载誉回家的时候，费边正想用做爱的方式向杜莉表示祝贺，杜莉突然说，她现在不想上床，想一个人到河边走走。“你是不是想单独体验一下什么叫，高处不胜寒？”费边对她说。她笑了，说自己今天发挥得并不理想，有几句歌词甚至唱颠倒了。“我怎么没听出来？”费边说。他本来想安慰她的，没料到杜莉一下子发火了。“你知道什么呀？”杜莉说。

杜莉很晚才回来。她回来的时候，费边正在书房里翻找自己的诗稿，他想重温一下自己的那首旧作，看看自己在那句“编织你的荆冠”后面还写了些什么。今天如果不是那年轻人念了那么一遍，他就想不起来自己还写过如此精彩的诗句了。杜莉靠着书房的门站了很久，看他在那里挨个拆着牛皮纸信封。她站得有点不耐烦了，就走到他身边，把他手中的信封夺掉，然后拉着他的手，将他牵到了阳台上。

这天深夜在阳台上发生的一幕，日后必定让费边反复回忆。杜莉往阳台上走的时候，衣服已经一件件掉了下来。费边不知道杜莉的兴致怎么说来就来，可除了仓促应战，他似乎没有别的选择。好在阳台已被铝合金封死，好在玻璃外面是无边的夜色和婆娑的树影，否则，他们在吱吱嘎嘎的藤椅上的交媾就会影响别人视听。费边怀疑杜莉是不是又怀孕了，因为她在怀费礼的时候，性欲就旺盛得有点出奇。我妻子怀孕的时候，费边曾和我开过玩笑，问我是否能顶得住。他对我说，对于别的雌性动物来说，怀孕意味着发情期暂告一个段落，而人却相反，孕妇往往更来劲，就像两端都燃着了的蜡烛。他说，国外的一些专门提供孕妇的妓院，生意之所以非常好，就是由于这个原因。那天他在藤椅上，一边忍受着杜莉的反复吐纳，一边就在思考这些问题。后来，费边陪着杜莉叫唤了起来。费边的叫声类似于猪叫，鼻音很重，嗓子眼里好像还堵着痰块。杜莉的叫声更绝，像是在唱某段咏叹调似的，只是其中夹杂着一些打嗝似的声音。

他们忙完之后，又在阳台上坐了很长时间。不消说，费边这时又想起了几年前在阳台上发生的那一幕。当时他站在阳台上，看着杜莉送那两个老外上了出租车之后，在那里徘徊，后来她回来了，两个人像麻花那样扭到了一起，很可能她当天就怀上了费礼。费边现在问杜莉：“你是不是又怀孕了？”杜莉的说法是模棱两可的，她说可能是也可能不是。杜莉还灵机一动对自己刚才的疯狂作了一番解释，说：“怀上就得打掉，一打掉，你就好多天无法做爱，这就算是提前给你的补偿吧。”费边听她这么一说，脑子就转开了。他认为这是女人最笨拙的自我辩解，有点女性意识的人，总是以为男人把女人看成了性工具，照她们这么说，男人实际上就成了忙着挣工分的劳力。他正这么想着的时候，听见杜莉说，她想到北京去寻求新的发展。她说，她已拿到陈维驰先生的一封推荐信，陈先生把她推荐给了中国声乐界的新权威之一靳以年先生。她告诉费边，靳以年从前曾是陈先生的学生，连陈先生都认为姓靳的是青出于蓝而胜于蓝。

费边装作没听说过靳以年的名字，他也明白杜莉知道他是在装傻，因为，他们在前一段时间还谈起过这个人。回到床上，费边突然想到自己还有个女儿呢。他对她说：“你走了，费礼怎么办呢，总不能一直把她放在我妈那里吧？再说，你又舍不得她。你是把她丢在家里，还是带走？”她说她在北京最多只待一年，很快就会回来的。为了让他放心，她说她不会在那里长待的，因为她现在信奉一句老话，叫作“宁当鸡头不当凤尾”，再说了，北京离这里并不远，她可以随时回来，他也可以随时去，他们可以经常团聚，享受小别胜新婚的乐趣。

在以后的日子里，他们又就这方面的话题讨论过多遍。费边又想到了柏拉图的那个著名的假说，他仿佛真的看到了他的另一半自我，在远方漫游。让他有点纳闷的是，他本来应该对另一半自我的远去恋恋不舍的，可他却感到，他其实巴不得她早点离去。恋恋不舍只是停留在嘴上，他在心里时常念叨的是这样一句诗：

打开笼子，让鸟飞走，把自由还给鸟笼。

有一次他在电话中给我说：“让她走吧，女人是男人世俗的肌体，离开了她们，男人或许就可以变得纯粹一些。”他举例说，他至少可以不和陈维驰那号人打交道。我记得他还随口吟诵了莎士比亚在亨利四世中的名句：“离开了女人，浑身都是痛快。”听他的口气，他似乎已经提前过上了那种纯粹而又痛快的生活。我正听费边在那里抒情，电话里突然响起了忙音。我估计是杜莉采购东西回来了，我想，他放下电话，就会去向杜莉陈述他的恋恋不舍之情。几天之后，我问他的时候，他说，还真让你给猜准了。他说那是他那几天的必修课。说完这话，他又给我讲了一个小故事，说的是在一个与神学有关的聚会上，丹麦哲学家克尔凯戈尔咬着明斯特主教的耳朵说了一句话，这句话把一向不苟言笑的主教大人逗得乐不可支。

谎言是一门科学，

真理是一个悖论。

我没有主教大人聪明，所以，过了好一会儿，才像被人胳肢了一下似的，笑出声来。

就我所知，杜莉在短短的一年里，起码回来过三次。第一次，是在这一年的月底，她和靳先生一起回来参加陈维驰的婚礼。这个婚礼拖了很久，现在，那个女孩子的肚子已经鼓了起来，实在没法再拖了。婚礼定在国庆节那天举行。因此，杜莉是在节日的前一天晚上回到家中的。一进门，她就说，她刚才往家里打电话，怎么也打不进来，“你是不是在和哪个女妖精调情啊？”费边没工夫和她啰唆，提溜着她，就把她扔到了床上，三下五除二就把她剥了个精光。关于他的这种表现，他自己是这么解释的：遇事都得多长个心眼，我这种急猴似的模样，多半是做出来的——它是最好的辩护词，我要不守身如玉，怎么能憋成这个样子？

忙了一通之后，他才慢条斯理地对电话的占线作出解释。他想杜莉不会相信他的解释，但经验告诉他，解释还是要比不解释强。他说这些天他确实常打电话，电话都是打给朋友们，让他们去医院看韩明的。他告诉她，韩明被抹掉了职务，这本来没什么大不了的，韩明却整天神思恍惚，过马路的时候，被一辆出租车撞了个半死，这几天刚醒过来，现在还在医院挺着呢。费边看杜莉被他的讲述吸引住了，就想，如果韩明不那么撞一下，我还真的无法把事情解释清楚呢。他摸摸杜莉的大腿，又说：“看把你吓的。不要担心，韩明能挺过来的，他顶多丢掉一条腿。”

他们约定，等陈维驰的婚礼一结束，他们就去医院看望韩明。建议是杜莉提出来的。她同时还提出了另外一个建议："费边，我长时间不在家，远水解不了近渴，你要是真是憋得慌的话，找个女人解解闷，我是不会责怪你的。"费边后来对我说，杜莉一撅屁股他就知道她要干什么，她的意思无非是，"费边，你长时间不在我身边，我要是憋不住了，找个男人解解闷，你是不应该怪我的。"所以，杜莉刚说完，就遭到了费边的拒绝。费边拍拍自己已经有点发福的肚子，说："不行，杜莉，你的话在我这里是行不通的，我是不会胡来的。你再说这话，就是侮辱我。"

第二天，他们本来要一起去参加陈维驰的婚礼的，但临上车的时候，费边变卦了。他说，他想在家里等她回来，然后一起去医院。说这话的时候，他还担心杜莉会觉得他扫她的兴，可杜莉听了这话并没什么反应，好像巴不得他不去似的。停了一会儿，杜莉说："我也不想多耽误你的时间，你就在家里写你的诗吧。"她这么一说，费边倒想去了。但话一出口，就覆水难收了，他只好目送杜莉钻进出租车，并和她挥手告别。

费边临上车的时候之所以会变卦，是因为他突然想起了杜莉在电话中讲过一件事。杜莉到北京的第三周，有一天晚上给他打电话，说，有一个人对她讲，“卡拉，我都想跟你结婚了。”杜莉说，这恐怕不行，“咱们结婚了，阿姨怎么办，小弟弟怎么办？”费边问她那个人是谁，她说：“你就不要操心了，我不是已经巧妙地把这事处理了吗？”她不说他也知道，那个人就是靳以年。他拉开车门的时候，这事在他的脑子里一闪，使他突然萌发了一个念头，写上一篇关于婚姻的文章（不是诗，而是一篇短文）。和这个念头同时产生的，是这篇文章所要引用的题记。题记倒是和诗歌有关，那是蒙田谈维吉尔的诗学论文里的一句话：

美好的婚姻是由视而不见的妻子和充耳不闻的丈夫组成的。

他的这篇文章是给晚报写的。他还没来得及给杜莉说，他现在在晚报的副刊上开了一个叫《日常生活的诗意》的专栏，每星期写一篇，已经写了两三篇了。他当初只是写着玩的，没想到读者的反应很强烈，许多人写信给责任编辑，说副刊的档次因为这几篇文章而提高了不少，那个责编就劝他再写。他准备再写几篇能逗读者一乐的文章，赚一点钱，就鸟枪换炮，将他对晚报的最新体验真实地写出来。他已经想好了，他要对晚报作一点批判，批判眼下的晚报是市民趣味的集散地，是人们在挖耳屎、抠脚趾、剔牙时的“伴奏曲”，是用文字制成的易拉罐，其现象学特征用四个字就可以概括——“用过即扔”。如果说诗写的是人与真实的关系，那么晚报上的文章写的就是人与虚假的关系。他要劝读者去读读古典的东西，比如可以去读莎士比亚和但丁，这是两尊神，前者为激情提供了广度，后者为激情提供了深度。深度也好，广度也罢，那都是以后的事，现在还是先把手头的这篇文章鼓捣出来吧。

跟往常一样，他要先简略地讲述“一个朋友的故事”，然后再进行费边式的分析。他讲的故事很简单，也没什么新意，类似的故事可以把街上的垃圾罐填满。这不要紧，有点层次的读者要看的是诗人哲学家对这种日常故事的分析。这一次，他讲的故事大致是这样的：一个朋友的妻子到上海进修，在那里和一个男的搞上了，那个男的还提出了结婚的要求。这个朋友是一位诗人，得知自己戴了绿帽子之后，还比较冷静，说服自己不要拎刀东进，只是写了一封信（用文字说话是诗人的强项），将那对鸟男女臭骂了一通。所谓“臭骂”其实也臭不到哪里去，因为他毕竟是个歌颂过玫瑰的诗人。他只是说他们侮辱了人类圣洁的爱情，难以得到饶恕（明眼的人大概已经看出了门道，这个故事其实是以他自己和杜莉为模特再加上一些臆想凑出来的）。在故事的结尾，费边写道：“这个朋友把信寄出之后，给我打了一个电话。我放下电话，就开始写这篇短文。”

费边首先肯定那个诗人朋友没有拎刀东进是对的：

我们宁可选择健全心智下的悲痛，也不要选择疯狂中的高兴。

接着，他写道，那个朋友提到的那对“鸟男女”侮辱了人类圣洁的爱情的说法，恐怕不能完全站住脚。“就我所知，他的妻子在上海被车撞过一次，撞得虽然不是很要紧，但毕竟受了点伤。是那个男的在医院里陪她度过了一段艰难时日。”这个情节是他临时想起来的，我想，他的灵感很可能是来自韩明事件。接下来，他觉得应该让那个批发绿帽子的家伙也受点苦，就写道：“设想一下，如果那个男同志也被撞了下，而且差一点就被撞死了，两个人现在都待在医院里，拄着单拐互相串着门谈起了恋爱，你难道不觉得这一幕是很感人的吗？”在费边的这个故事中，那个抛售帽子的人比陈维驰小十来岁，和靳以年的年龄差不多，是个半大的老头，“在这之前，已经吃够了婚姻的苦头，但他还是想结婚”。作了这样一番虚构之后，费边写道：

哎，我几乎要赞美这位半截入土的老同志了，因为对他来说，希望战胜了经验。

写到这里，他用尼采的话做了一个过渡，使文章出现了波折：

许多年前，一个叫尼采的哲学家，在一本叫作《超越于善恶之上》的书中说，“人们最担心的莫过于，同居生活被婚姻糟踏掉。”这位老同志看来并不担心这个。有这样四种可能：1. 如前所述，他是希望战胜了经验；2. 他提出结婚，只是要以此显示自己的诚意，可以设想，他以前也常来这一手，果真如此，那就是经验排除了希望；3. 他昏了头，和那个女人一起昏了头，诚如萧伯纳所说，“置身于最强烈、最疯狂，又最不可靠、最短暂的激情漩涡中的人，往往指天发誓，他们要一直处于这种冲动、反常、令人衰竭的状态中，直到死亡把他们分开”；4. 老家伙有一种自虐癖，他明白，只有年轻的活蹦乱跳的女人，才能够对自己无能的身体构成打击，这是一种真正的打击乐。

需要交代一下，这篇文章他后来没有寄出去，大家就不要去晚报上找了（他给晚报的是另一篇谈袋装垃圾与市民文明的文章，这似乎更说明了这篇文章的私人性质）。它的读者确实很少，我估计不会超过十个人。我并不是它的第一个读者，靳以年先生才是第一个。靳先生在这篇文章诞生的当天晚上，就有幸读到了。他在参加完陈先生的婚礼之后，和杜莉一起来到了家中。他们来的时候，费边的母亲和女儿还没有离去。见到女儿，杜莉有点迟疑，好像刚刚想起来自己还生过孩子似的。杜莉朝女儿弯下腰时，费礼一边怯生生地叫妈妈，一边往奶奶的身后躲。杜莉想抱女儿，费边没让她抱到，因为他抢先一步把女儿抱了起来。费边这时候一定想起了杜莉曾在电话中说过的那个小段子。既然杜莉向靳以年的老婆叫过阿姨，那费礼就该叫靳以年为爷爷了。“快叫爷爷，”费边指着靳以年对怀中的女儿说，“叫老爷爷。”女儿这次真争气，她没有躲闪，仰着小脸尖声地喊了一下：“老爷爷——”，费边的手在女儿身上使了一下劲，女儿立即心领神会地又喊了一遍：“老——爷——爷——”

靳以年并没有像费边想象的那样尴尬，他还掏出钥匙圈在孩子面前摇了摇，将上面的一只象征着长寿的镀金的小乌龟送给了费礼，并说要带她去北京看天安门。孩子不关心什么天安门地安门，她关心的是巧克力豆和奶奶家里的鬈毛狗，所以她毫无反应。费边也留意了一下杜莉，他发现杜莉也没有什么异常。倒是费边本人有点尴尬。他一时不知道下面的节目该如何进行了，他甚至感到自己就像一个糖尿病人，吃盐不成，不吃盐也不成。

我想象这天晚上的谈话是妙趣横生的。我为自己没能亲自到场聆听而感到遗憾。事实上，我本来是有机会去的，因为费边写完那篇文章之后，曾给我打过一个电话，问我是否愿和他们夫妇一起去医院看韩明。我当时考虑到他们是小别重逢，夹在当中有点不近人情，就把这等好事给推辞了，结果把遗憾留给了自己。

据费边说，他母亲走的时候，靳先生也说自己该走了。他没有走成，费边在极力挽留他，想让他看看那篇文章再走。当靳先生问他最近有何大作的时候，他立即跑进书房里把那篇东西拿了出来。“这不是诗，而是一篇小品文。”费边文章呈上去时，先谦虚了一下。姓靳的一边看一边说：“好啊，小品文现在很吃香的，至少比严肃音乐吃香。”费边没有搭他的腔，他现在得数落一下杜莉，拿她出出气。他对杜莉说：“你怎么说话不算话啊，我在家等着你去看韩明，你怎么一走就杳如黄鹤。”杜莉没有做什么解释，只是说这次无法去医院了，因为她明天就得飞往北京，参加一个重要演出的排练。这时候，孩子吵着要去睡觉。费边感到奇怪，因为孩子平时哄都哄不睡的。费边曾对我说过，孩子不睡的时候，他从不强迫她睡，因为孩子的吃、喝、拉、撒、睡，都是不会掩饰的，正如瞎眼诗人荷马所说，婴儿的内脏就是他（她）自身的法则。费边感到费礼现在因为杜莉的出现而违背了这一法则，这个责任当然应该由杜莉来负。他对杜莉说：“现在该你去给她洗澡了，该你去给她编童话故事了。”

杜莉去尽母亲责任的时候，费边对姓靳的说：“看完之后，一定多提宝贵意见。”

“已经看完了，”姓靳的说：“有些地方能给人很多启发，比如‘希望战胜了经验’这一句，就很有意思。”

“谢谢，不瞒您说，写完这句话，我也很得意。靳先生，我想顺便问你一个问题。你觉得杜莉在北京能混出个名堂吗？”费边没有对姓靳的说明，他所说的名堂并不单指出名。它牵扯到了轻与重的关系，和培根的“名堂”一说近似：

所谓名堂指的是让轻的东西浮起来，让重的东西沉下去。

他想问姓靳的其实是这样一个问题——和别的轻的比起来，杜莉能浮过他们吗？

姓靳的许久没有说话。费边看到他的像暖瓶塞那样大的喉头，在那里不停地蠕动着。这样的问题怎么就把他难住了呢？费边想，看来，他真是一个草包。他正这样想着（其中甚至包含着同情），靳以年开口了：“杜莉已经做好了第一步，就是选了最好的老师。下面就看她自己的努力了。”

费边对他的话很不满意。费边后来对我说，不满归不满，他还是可以理解靳以年的。他说，在任何时代，人类总要推举出一个伟人，如果没有伟人，那就虚构一个出来。他说，如果实在虚构不出来，那也不要紧，那就把自己当成伟人算了。姓靳的玩的就是这套把戏。费边说，算下来，大多数人都概莫能外，因为这涉及无耻。

费边当时忍了忍没有这样讲。但他不能就此放过姓靳的，他总得讲点什么。他对姓靳的说：“你说得对。杜莉去北京之前，我就对她说，学音乐关键就在于选老师，一定要和名气最大的老师挂上钩。虽然大多数有名气的人都是草包，但这不要紧，只要你心里有数就行了。”

“你好像很懂我们这一行，”姓靳的幽默地说：“当年我就是这样对付陈维驰的。”

这家伙怎么刀枪不人啊！费边有点恼火了。照费边的说法，他后来还是逮住了一个机会，让姓靳的感到了一点不舒服。那是在谈话即将结束的时候发生的事情。靳以年说，你想好了，陈维驰安排的能不周到吗？服务员不光发茶叶、牙具，还发避孕套。就像落水者抓到了一块还没有被水浸透的海绵，费边敏锐地捕捉到了“避孕套”这个词。他对靳以年说：“是真的吗？不过避孕套发给的人不同，含义也就不同。”正起身要走的靳以年听他这么一说，就又坐了下来。他显然想听听费边的高论。费边没有让他失望。费边说：“那东西发给小孩子，它就是一只气球。发给年轻人，它就是一种提醒，让他们多想想我们的基本国策。发给中年人，它就是一张奖状，类似于医院开的健康证明。要是发给老年朋友，那就是一种挖苦了。”

费边告诉我，他那么一说，姓靳的就坐不住了，还没等杜莉从卧室出来，就夹着皮包下楼了。

是的，有那么一段时间，费边的枪口确实时刻瞄着远在北京的靳以年。他到处收集靳以年的资料，卖小报的地摊和校图书馆资料室，都留下了他的足迹。他把收集到的资料全都贴在一个缎面笔记本里，没过多久，那笔记本就变厚了许多。北京的诗友们得知他的需求，也都乐意帮忙，三天两头打电话给他讲靳以年的那些乱七八糟的事，如果他有兴趣的话，他已经可以写一部《靳以年传》了。有一个深夜，早期的一位朦胧诗人（现在是为流行歌曲写作的词作家）打来一个电话，告诉他靳以年生活中的一个细节，说的是靳以年热衷于和登门拜师的女歌手靠着钢琴做爱，他让女歌手坐在琴键上，他在一边屈膝用力，在杂乱的琴音中，进入礼崩乐坏的境界。这个细节太传神了，他连忙把它记到了那个笔记本上，就像一个收集到了许多弹片的士兵，他莫名其妙地感到喜悦和充实。

这一年的十二月底，他接到杜莉一个电话。她说她元旦无法回来了，因为她要随一个艺术团到老区慰问演出，这是个既可以展示自己的艺术风采，又可以表明自己和老区人民同心同德的机会，她不想放弃。她说，你想好了，那些大腕歌手宁愿自己掏腰包也要去，他们可不是傻子。她还说她很想费礼，做梦都想，“如果你能抽出时间带着费礼来北京一趟，那就太好了，可以一解我的思念之苦。”放下电话，他恨不得马上飞往北京，他想，这是一个考察杜莉的机会，可以看看她在那里到底都干了什么名堂。

他瞎激动了两天，最后却没能成行。原因很简单，在这节骨眼上，费礼病了。费礼一点也不体谅他的心情，先是高烧不退，接着又转成了肺炎。按说他想走就可以走，因为费礼有奶奶和姑姑照看，可是不带费礼，他去北京就是无名之师。杜莉在电话中说得够明白了——她想的是孩子。过了两天，费礼的高烧好不容易退掉了，可就在他托人买卧铺票，准备北上的时候，又有一件事冒了出来，使得他的计划彻底泡了汤。

他得知那件事的时候，正在参加晚报社组织的一个小型讨论会。这种会费边本来没兴趣的，可由于这一天要讨论的是晚报副刊的专栏问题，他的那个做编辑的朋友就硬把他给拽来了。在他前面发言的，是社科院的一位历史学家（此人也在晚报上开过专栏）。费边急着赶回去收拾行李，所以他对那个历史学家的饶舌很恼火。那人一直在讲人与狗，讲人与狗做伴的历史不止五千年，起码有一万年，各种狗的祖先都是狼。费边硬着头皮听着，同时观察着各人的表情。他看到，有一个女人坐在对面的后排，在那里写着什么。女人写了一会儿，就像他这样把脸侧过来侧过去，显得无所事事。费边觉得这个女人有点面熟，他绞尽脑汁想了一会儿，终于想起来了——她是他教过的学生，很爱在课堂上提问题，提问题的时候，习惯把头发往耳朵后面持，即便头发一丝不乱，也要那样搞，好像不那样就无法正视他似的。他的记性是可靠的，他想起她叫鲁姗姗，他甚至想起了她在三姐妹中排行老三。现在，鲁姗姗也发现了他，准确地说是发现他在看她。她现在不需要搏头发就可以正视他了，而且还可以朝他微笑。他也朝她微笑了一下，并继续打量她，寻思她的面貌有哪些变化。如果不是这个女人引起了他的兴趣，他恐怕就要打瞌睡了。后来，他听到那个历史学家把话题从野狗扯到了野人，谈野人和文明人的区别。让他这样啰嗦下去，一上午的时间还不全他妈的报废，我得来两句，费边想。费边站了起来，拍拍那位历史学家的肩膀，说："是有差别啊，而且是一目了然的差别。"费边这么说着就离开了座位作出一副在上厕所之前顺便插句话的样子，说："野人生活在自身之内，文明人生活在自身之外，这就是差别。"等费边装模作样到隔壁的卫生间转了一圈回来时，那个历史学家果然住口了。会议的组织者用感激的目光瞧着费边，并要求他上场。费边这天的话不多，他重复了他以前的看法，将晚报副刊上的专栏文章定义为小品文，并指出这是一个小品文的时代，小品文必将大行其道，搞大部头（著作）的人没有理由瞧不起小品文。他说庄先生说了，"泰山非大，秋毫非小"，万物并育，并无伤害之理。接着，他从小品文说开去，谈到从大到小的转变，是这个世界的话语方式的最明显的转变。他说，这其实是一个诗学问题。根据当天的发言记录，他的那套话整理起来，大致如下：

一切都在发生从大到小的转变。哈贝马斯提出从大写真理到小写真理，罗蒂提出从大哲学到小哲学，新历史主义分子提出从大历史到小历史，福柯提出从大写的人到小写的人。大师们的看法并非妄下雌黄，而是他们对世界体认的结果。诗歌呢，是从大诗到小诗，连厕所都有从大到小的转变问题——火车站的厕所从大茅坑改成了坐便。垃圾也是，从垃圾堆到袋装垃圾。刚才那位前辈谈了一会儿狗，其实这个问题在狗身上也存在，你们看现在的街上跑着多少猫一样大的狗杂种啊。讨论会难道不是这样吗？也是，你们看，咱们现在开的就是小型讨论会，带有窃窃私语的味道，万人大会都是做样子的。顺便说一下，人们现在已经开始厌烦大老婆了，已经开始时兴搞小老婆了。

“小老婆”三个字是大家一起喊出来的，小会议厅顿时出现了欢声笑语的局面。他的学生鲁姗姗，也站了起来为老师精彩的发言鼓掌。费边注意到了这一点，脑子里立即闪过一个念头她当个小老婆倒是挺合适的。大家都鼓动费边再讲一段，费边招招手，对大家说：“小品文大家梁实秋先生有一句话，我不敢忘记：上台发言就像女人穿裙子，越短越好。”他的话又引起了一阵笑声。

讲完话，费边没有立即离去。他想再待一会儿，和久违的鲁姗姗聊上几句。坐在他身边的那个人，是个写报告文学的作家，向他借火的时候对他说：“我是听说你要来，才赶来的。”费边说：“我差点来不了。这个鸟会要是放在明天开，我就来不了啦，因为明天我可能去北京。”他们低声聊着，过了一会儿，那个朋友突然问他：“韩明是怎么搞的，怎么说死就死了？”费边盯着对方看了一会，揣摩他是不是要借攻击韩明和他套近乎。后来他搞明白了，韩明服用了大量的利眠宁，真的已经死了。

费边的一个说法看来是可靠的，因为他没有必要在这个问题上说谎。他说，在圣诞节的前一天，他去医院接女儿的时候，曾想过去骨科病房瞧一下已经皈依了基督的韩明。事实上，韩明出事之后，费边已经去医院看过他一次了，那一次是我陪费边去的，去时带的月饼，就是我从家里拿的。那个时候，韩明还没有皈依基督，还喜欢气急败坏地向别人展示他那条剩下了半截的左腿。韩明见我们进来，先让我们看了看那条腿，然后就说费边来这里，是黄鼠狼给鸡拜年。看在他丢了一条腿的份上，费边没有跟他计较。不但不计较，他还屈尊当了一次狗。他对韩明说：“韩明，如果你被狗咬了一口，你总不至于倒过来再咬狗一口吧？”在他屈尊当了狗之后，韩明的情绪有点平静了，韩明对他说：“费边，你说过‘母鸡不撒尿，各有各的道’，你的道也太宽了，你跟那个叉着腿走路，好像夹着个铃铛似的钟市长到底是什么关系啊？”费边没吭声，只是笑笑。当韩明又要展示他那条废腿的时候，费边大概觉得应该鼓励一下韩明，就说：“你一定要振作起来，太史公不是说过吗，‘西伯拘而演《周易》；孔子厄而著《春秋》；屈原放逐乃赋《离骚》；左丘失明厥有《国语》”，你也应该有所作为啊。”韩明不理他这个茬，像要赖似的，坚持要费边讲他的母鸡是用哪条道撒的尿。韩明说：“你要是我的一个屁，我就把你放了，可你不是。”

费边讲了，这是我第一次也是最后一次听费边讲这件事，费边平时虽然话多，可谈及此事，他却是金口玉言。真该感谢韩明，要不然我是永远不可能知道这个故事的。他说自己的父亲曾是个右派，但只是一个没有进入档案的右派，因为当时做记录的人忘记把他的名字写进去了。多年之后，别的右派都平反了，老费才发现自己无反可平。在生命的最后几年，老费一直在为右派帽子而奋斗，到后来，帽子没有争到手，人却累死了。费边说，当时做记录的那个人，就是现在叉着腿走路的钟子玉。“就这些，我不想讲，是因为这故事有点落套，没什么新意。”费边说。费边讲了这事，韩明还是没有放过他。韩明的嘴就像一把刀子（因为丢了一条腿，他好像就有了把嘴变成刀子的权利），说：“哎呀，费边，你这只鸡的下水道就是这样开出来的？”费边没吭声，又坐了一小会儿，我们就走了。

费边说，他在得知韩明皈依了基督之后，曾想过送给他一本《圣经》，在接女儿出院的那一天，这种想法变得非常强烈，可他最后还是没有去。他告诉我，仿佛有某种感应似的，就在他接女儿回来的当天晚上，他梦见了韩明，并在梦中和韩明交谈了一次。在梦中，韩明劝他也皈教，向他大谈耶稣和福音书。费边说：“我看过福音书，也看过《耶稣传》，他跟你说的有点不一样。当我把他看成人的时候，他是尊贵的神。当我把他看成神的时候，他只是一个失败的人。”听他这么一说，韩明连呼“撒旦”。费边对他说：“你喊阎王爷也没用，因为这跟他们没关系。天堂和地狱都已经超编，我们这些人只能在天堂和地狱的夹层中生活，就像夹肉面包当中的肉馅。”韩明在黑暗中笑了起来，不说话，光他妈的笑，笑得费边的汗毛都竖了起来。费边说，当他从梦中惊醒的时候，浑身都是汗，湿得能拧出水来。他怎么也睡不着了，只好爬起来在床头柜里找利眠宁。他说，很可能就在那个时候，韩明也正在找利眠宁呢。费边说，他服用利眠宁是为了再度进人梦乡，而韩明却是为了去见上帝。

出于对友情的怀念，费边暂时把杜莉放到了一边，投入了韩明后事的处理。在忙碌中，他也随手记下了他对韩明之死的看法，以便将来写一篇带有悼念性质的“小品文”。他认为，对韩明来说，医院肯定不是一个空洞的地理概念，他一定在那里琢磨到了什么东西，但他并没有找到和现实打交道的方案。有一道鸿沟他无法逾越，但他还是企图越过。这倒好，当他飞到半道的时候，因为心力衰竭，而掉到了沟底。费边的这个看法和别人提到的“自杀说”大致相同，虽然别人不像他这样认真琢磨一个死人，然后再推导出一个结论。韩明的妻子黄帆坚决反对这种“自杀说”，她完全不顾自己大学讲师的形象，流着鼻涕又哭又喊地找到现在的系主任，要求在悼词中加进“为了文化教育事业鞠躬尽瘁”一类的字句，并追认韩明为优秀党员。系主任只好召集大家开会研究对策。会议结束之后，系主任用真理在握的口气对黄帆说：“别闹了，这样闹一点都不好，你得知道共产党员都是无神论者，而韩明信神的事，却众所周知。”系主任没有料到黄帆非逼他拿出韩明信神的证据不可，她说韩明有党员证，却没有信神的任何证件，连个游泳卡一类的纸片都没有。系主任急了，说，韩明死的时候，枕边放着一本《圣经》，这不就是证据？这个系主任平时拍马屁、训人都很有一套，可遇到黄帆这样的女人，就蠢得不能再蠢了。他的话刚出口，黄帆的鼻涕就跑到了他身上。“哼，”黄帆说：“他还不是想给学生开一门选修课？”

黄帆的哭闹，使韩明的死变成了一场闹剧，这大概是韩明生前没有料到的。费边对我说，韩明要是真能像耶稣那样复活，看到这种景象，他一定会再度服药死去，并永久地放弃复活的权利。谈到这个话题，费边甚至把粗话都说出来了（这可是一件稀奇的事）。他说黄帆这样的女人太可怕了，只用几滴眼泪和几把鼻涕就把一个人死亡的意义给抹掉了，这样的女人，白给他操，他都懒得脱裤子。说这话时，他还下意识地摸了摸裤门。

元旦这一天，韩明被运到火葬场火化了。在哀乐声中，费边溜出了大厅，站在台阶上抽烟。他没有去瞻仰韩明化过妆的遗容。他觉得经黄帆这样一折腾，他看见韩明的时候，说不定会听到韩明冥冥之中的怨诉。

追悼会开完之后，费边和同事们坐校巴回城。他想，他见到杜莉，一定要给他交代一声，如果他哪天突然死了，就草草地烧了算了，千万不要让人给他致什么悼词。虽然人类的文化史就是用悼词连缀成的一篇长文，但它所用的肯定不是殡仪大厅里伴着哀乐所念的悼词，就像死人的真实面容和那个化过妆的遗容不是一回事一样，对死去的知识分子来说，美化往往就是丑化，亚里士多德和莱辛曾经论述过丑是怎么变成美的，他们一定没有想到，美照样可以变成丑。一路上，他都在想这个问题，他认为这是具有中国特色的诗学问题，值得认真琢磨。他正这么想着，校巴在校门外的一个叫“乐万家”的饭店前面停住了。在饭店里，他发现他刚好和一个似曾相识的年轻人围着同一张圆桌旁坐着。他们还互相碰了几杯。当那个人开口说话的时候，他那富有磁性的声音使费边想起来了，他就是那天他在剧场里遇见的那个年轻人，他叫李辉，当时他手里举着一束花。

“忘了吧？我是李辉。”年轻人说，“在殡仪大厅里，我怎么没有看到你？”

“我的烟瘾上来了，躲在外面抽烟。”费边说。

“这里的饭菜真不错。”李辉说。

“是啊，系里每次死了人，我们都要来这里改善生活。这叫化悲痛为力量。”费边说。

餐厅里人太多了，许多教师还带来了小孩，吵闹得很厉害，费边和李辉没能很好地聊起来。他们又碰了一杯，约定吃饱喝足之后再接着聊。吃饭的当中，李辉出去过一次，出去的时间还很长，费边真担心他不再回来，使计划中的长聊落空。他不由自主地站了起来，到楼下去找他。在楼梯口，他碰见了他。李辉说自己到收银台给一个朋友打了个电话。“那个朋友说起话来，有点啰里啰嗦的，劝我不要这样，不要那样，真是莫名其妙。”

“现在猫已经不逮耗子了，逮耗子的是喜欢管闲事的狗。”费边说。

“你说得对，”李辉说，“而且还是一只母狗。”

许多天之后，费边才知道，李辉说的那只母狗，指的不是别人，正是杜莉。那个时候，费边才明白，这个自称叫李辉的人，就是杜莉所说的那个已经死去的前任男友。现在，费边重新和李辉坐到了桌前，他们又端起了酒杯。别人都在开怀畅饮，他们也不能落后，费边又给李辉倒了一杯酒。倒酒的时候，费边凑近李辉问了一句："你说的那只母狗，一定很漂亮吧？"李辉一下子笑了起来，笑得那么厉害，杯里的酒都洒光了。

这一天，费边第一次把李辉带到了家中。李辉说他现在正搞着考古研究，经常在河南混池一带逗留，研究那里的仰韶文化。他劝费边和他一起搞。费边说，别人去搞，他不反对，但他自己不愿把精力放在这上面。"一想到我们的四肢在五千年前的坟场里忙碌，而脑袋却维系在后现代的都市，我就觉得什么地方出了毛病。"

"你起码应该去那里看看，"李辉说："那里的每一个土坷垃都是文化，连村民们床下放的尿壶，都是宝物，尿上一泡就跟五千年前的文化沟通了。"这么说着，李辉就把那只脏乎乎的牛仔包打开了，从里面拎出了一只彩陶壶。"这就是我从他们的床底下拿出来的。只用一个室外电视天线，就换了这么一个宝贝，让人遗憾的是，它的一只耳朵掉了，大概是晚上撒尿的时候不小心，把它给碰掉了。”

费边这时候想起自己还有一只彩陶壶。他走进书房把它拿了出来，也把它放到了地毯上。李辉被他这只完整的玩意吸引住了，像抚摸圣器一样，小心地抚摸着它，吹着上面的那层灰尘。“你要是想要，我就送给你得了。”费边说。李辉没说要，也没说不要，他往里面吹了口气，然后把耳朵放在壶口，好像那样一来就能听出来它是真是假。听了一会儿，李辉又像摇晃婴儿那样把它轻轻地晃了几下。“它怎么会响啊？”李辉说。费边也听到了它的响声，他还以为那金属般的声音是从李辉身上发出来的呢。他接过来往壶口里看了看，然后把它翻了个底朝天。接着他就看到了那些硬币，和一张已经发黄了的纸条。

电话就是在这个时候响起来的。费边一边在膝盖上铺展着那张卷起来的纸条，一边问对方是谁。“是我，”对方说：“连我的声音都听不出来了？”他确实没有听出她是杜莉，一来是她的声音经常变化，二来是她很少在这个时候打电话，她通常是在晚上打的。他想到了鲁姗姗，但又不敢肯定，于是就模棱两可地说：“原来是你啊。”

“不是我还能是谁？有一天，你恐怕连你自己是谁都想不起来了。”

他这才听出她是杜莉。他问她有什么事，杜莉说，没有事就不能打电话了吗？你是不是在和别人雄辩？费边说他正在写诗。说这话的时候，他想起了叶芝的话：

和别人争论，产生的是雄辩，和自己雄辩，产生的是诗。

“房间里没有别人了吗？”杜莉问他。他说没有，可杜莉不相信，非要让另外的人来接电话。他想，杜莉肯定是在怀疑房间里有女人，既然这样，那就让李辉来接电话，让杜莉讨个没趣吧。因此，杜莉一说完，费边就高声喊起了李辉。他捂着话筒对李辉说：“是我老婆打来的，你过来简单说几句，让她少操那份闲心。”这么说着，他又朝李辉眨了眨眼睛。李辉说：“这种事我最乐意干，你放心吧，我知道怎么对付她。”

杜莉对李辉说了些什么，费边自然是不知道的。李辉说的话，费边也没能记住，留在他脑子里的只是李辉拿起话筒时的那副笑嘻嘻的样子。他在旁边站了一会儿，就出来了。在客厅里，他将那张纸条点燃了，灰烬像黑蝴蝶似的，在客厅里飘着。他拿着吸尘器，等着把它们吸进尘仓。他听见了李辉的笑声。他不知道李辉在笑什么，后来他倒是问过李辉为什么那么开心，李辉说他自己也不知道，他只是觉得好玩。费边对他的话表示理解。费边说，他曾写过一首诗，里面有一句是这样的：

苹果树不知道自己为什么要开花，就像猴子不知道猴脑怎么会被舀进醋碟。

这一天下午，在其余的时间里，李辉一直显得魂不守舍的。为了稳住他，费边给他放了他喜欢听的杜莉的录音磁带，情绪恍惚的李辉第一次对杜莉的歌声表示了不满。李辉说："这不像是卡拉的声音，这也不是美声。美声的意大利文是 Bel canto，意思是美的歌唱。美的歌唱应该是得到完全控制的、精巧的声音，而她却在嚎叫，把吃奶的力气都使出来了。"费边认为李辉说得很有道理，他说："你大概不知道，这都是她的那个老师教出来的，那个叫作靳以年的家伙，使一批歌手，都变成了嚎叫派，他引进了疯狂，而拒绝了理智的抒情。那个老家伙还狡辩说，观众和电视台的导演需要的就是这种声音。”

李辉离去的时候，天已经黑了。费边送李辉下楼，看到济水河边的小广场上正放焰火庆祝新年。李辉突然说了一句：“韩明的魂要是真的在天上飘着的话，一定会被这焰火呛得无处藏身。”这个时候，费边才问李辉怎么会和韩明认识。李辉说他当然认识他，很久以前就认识了。“这么说吧，他烧成了灰，我也认识他。”李辉这么说的时候，韩明的骨灰大概还没有完全冷却。在这样的语境中，费边对李辉的美好印象又加深了，他觉得李辉真是机智、幽默、可爱。他当然不知道，李辉在狱中写给杜莉的信都是由韩明转过去的。用韩明的老婆黄帆的话来说，就是韩明不光替李辉转信，而且还替李辉做爱。就我所知，韩明死后，黄帆一直在收集这方面的资料，为自己身体的忙乱寻求注解。

我最近一次见到费边，是在鲁姗姗的生日晚会上。我记得那天下着雪，到了中午，天地之间，已是白乎乎的一片。从窗口望出去，可以看到路面上挤满了各种车辆。车辆开走的时候，油污和煤屑已经将路面染得污黑。午后的时候，费边打来了电话，劝我出去走走，他说在雪天能感受到诗意和大自然的恩惠。他给了我一个地址，要我先去一步，他把手头的活忙完就到那里和我碰面。我问他正忙什么，他说他正写一封求爱信，写完之后，还得去一趟药店，他正拉肚子呢。我给他开了句玩笑，说拉肚子是减肥的最佳途径。他说，他的看法和我不一样，每拉一次肚子，他都会感慨万千。“以前拉得多好啊，盘旋着上升，上面还有个小小的教堂似的尖顶，有着内在的韵律和东方式的美感，现在呢，喷得到处都是，简直不成体统。”我问他是不是在给鲁姗姗写求爱信，他没说是也没说不是。不过，为了满足我的好奇心，他倒在电话中给我念了两段。如果我没有记错的话，其中有一段是这样的：

小说家和符号学家艾柯的一段话，可以看作是对现代爱情诗学的精妙论述：一个有教养的男人爱上了一个知识女性，他不可能对她说“我真的爱你”，因为他知道，同时他知道她也知道，巴巴拉·卡特兰已经写过这句话了。解决的办法并没有穷尽，他可以对她说：“像巴巴拉·卡特兰所说那样，‘我真的爱你’。”亲爱的，如果你不知道卡特兰是谁，那你可以把“卡特兰”三个字换成莎士比亚、但丁、屈原、瓦雷里、胡适、马拉美当然，你也完全可以把它换成费边。

面的向西郊的方向开去的时候，我的耳边一直回响着费边那激情洋溢的声音。面的在一个我很熟悉的路口停住了。我这才发现它就是原来的那废弃的兵工厂所在地，现在它是电视台和晚报社的地皮，周围的那一小片农田，由一圈广告牌圈了起来，变成了一个小商品批发市场。我在门等着费边（不得不等，因为站岗的门卫不允许我进去），直到我变成了一个雪人，也没有等着他。又来了几个人，他们和我一样，也是来参加聚会的。由他们领着，我进了那个大院，也就是在这个时候，我才知道我要参加的就是鲁姗姗的生日派对。

走进电视台演播厅里面的一个贵宾休息室，我看到了我以前的女友。她是跟她的丈夫一起来的。一看到她，我就想起了她小肚子上的那道像稻草一样细的疤痕，我想，她大概也对她的丈夫说过，那道疤痕是割阑尾留下来的。她正在和丈夫跳舞。越过丈夫的肩膀，她看到了我，并朝我眨了眨眼睛。我在那里和似曾相识的人喝茶聊天，交流着各种小道消息。鲁姗姗过来问我费边怎么还没有到，我说他大概正在路上。“他可别误了吃蛋糕啊。”鲁姗姗说。旁边一个朋友说：“耽误不了的，他要真赶不上，他那份由我来吃。”鲁姗姗笑了起来，她问大家是想干红还是想干白。

贵宾休息室的旁边，就是厨房，所以每样菜端上来的时候，都还是热气腾腾的。大家举着酒杯，祝贺鲁小姐生日愉快。喝酒的时候，音乐放小了，但我还是听到了卡拉的声音。那是一首通俗歌曲中的几句，它夹在《97 明星联唱大回旋》的带子里，大概还不到一分钟时间。我之所以能听出来，是因为那歌词我很熟悉，它是根据费边的一首短诗改的，那首诗原来就叫《声音》，我想我以前的那个女友大概也听出来了（费边曾向我们两个人念过这首诗），否则她不会无缘无故地突然讲起费边的故事。她讲好多年前，她曾经在济水河边的小广场上听过费边的诗朗诵，他朗诵的是马拉美的《焦虑》，听众给了他很多掌声和鲜花，后来才知道搞错了，因为那鲜花和掌声本来是要送给另外一个诗人的，而那个人不是别人，正是她现在的丈夫。

她的故事把每个人都逗乐了，大家都说待会儿要再听听费边怎么讲。有几个性子比较急的人，已经放下酒杯，跑到门口的台阶上去了。

名家点评

《午后的诗学》和《导师死了》是李洱迄今除长篇小说《花腔》之外最重要也是最好的两个中篇小说代表作。《午后的诗学》呈现了文学写作所能达到的极其纯粹的文学语境。这篇小说，让李洱找到了一个新的美学起点并显示了他对存在、话语把握的力量。在这篇小说里，宏大叙事彻底解体，对个体生命存在的确证及讲述成为有效的表达方式。费边在凌空蹈虚、精神觉悟、进行灵魂布道的同时，还有自己俗世的常识感和务实原则，同样钟情于物质并对现实具有一定的妥协性。他运用、利用话语也解构话语，在话语生活中对现实开着米兰·昆德拉式的玩笑，享受着 智慧的痛苦，直到彻底凡俗化，直到诗歌的最终消失。可以说《午后的诗学》中的费边是李洱对当代知识分子人物形象画廊的一个独特贡献。

辽宁师范大学文学院教授、博士生导师，文学评论家　张学昕

《午后的诗学》是名篇，就是今天读来也同样吸引我们。重要的是，它和其他几部作品一起，草创了李洱小说世界的“话语”蓝图。费边一举成名，不是因为这个人物形象塑造得如何，而是他的谈吐和“高论”：“写作就是拿自己开刀，杀死自己，让别人来守灵。工蜂一张嘴吐出来就是蜜，我的朋友随口溜出来的一句话，就是诗学。他这种出口成章的本领，我后来多有领教。他并不要贫嘴。从他嘴里蹦出来的话，往往是对自己日常生活的精妙分析，有时候，还包含着最高类型的真理。”从此以后，无论是在“河边的悬铃木树荫下聊天，还是费边家的客厅聚会”；无论是关于《论语新注》的争吵，还是为办杂志起名的讨论；不管是“粪便在分析玫瑰”，还是“玫瑰在分析粪便”，当那些“口舌”在享受它们的快乐之后，“当一切都已分崩离析不可收拾，当各种戏剧性情景成为日常生活的写真集的时候”，他终于发现“小品文现在很吃香的，至少比严肃音乐吃香”“早期的一位朦胧诗人现在为流行歌曲写作歌词”，他甚至“对那个历史学家的饶舌很恼火。那人一直在讲人与狗、讲人与狗做伴的历史不止五千年，起码一万年，各种狗的祖先都是狼……”这里一切的感悟、发现，一切的烦恼与微讽都裹挟着言词落地的窘境，隐含世事变化的无情与无奈。

中国作家协会上海分会理论研究室专业作家，文学评论家　程德培

李洱创作谈：

几年前，我开始写作《花腔》的时候，我曾经担心它会遭到读者的拒绝。我写下去的理由，是我想以个人的方式，以小说的方式，表达我对我们置身其中的20世纪的看法。在我看来，小说叙事与历史之间，存在着一种微妙的对应关系。同时，历史也是现实的一部分，既没有非现实的历史，也没有非历史的现实。

写小说已经十多年了，我越来越感到写作的困难。我相信这困难不仅是我一个人的困难，也是所有对语言充满责任感的写作者共有的困难。尽管对从事汉语写作的人来说，历史尚未终结，我们还可以感受到历史的活力，但是由于现代社会所发生的一系列深刻的变革，由于新的制度化模式对个人经验有效性的吞食，个人的主体性越来越受到了威胁。这种威胁一点也不比《花腔》中曾经写到过的各种威胁更小。对作家来说，这种威胁可能更为致命。因为它导致建立在讲述个人经验基础之上的小说的历史，受到了根本的挑战，它几乎使作家彷徨于无地。它也迫使有责任感的作家，不得不重新检索小说的叙事资源，不得不去探索一种作为新的知识类型的小说叙事艺术的可能性。

长篇

花腔（节选）

《花腔》第一部（《有甚说甚》）
（此处登出的是正文（@）部分，附件（&）部分已省略）

有甚说甚

时间：1943 年 3 月

地点：由白陂至香港途中

讲述者：白圣韬医生

听众：范继槐中将

记录者：范继槐随从丁奎

消息

将军，有甚说甚，那消息是田汗告诉我的。那时我还在后沟。干你们这一行的，定然晓得枣园后沟。对，那里有一所西北公学，还有一个拘留所。我自然是在拘留所里。我在那里住了两个来月。那天晚上，当田汗来后沟看我的时候，我想，他定然是看着同乡之谊，来给我送行的。唉，我可能活到头了。按说，我是学医出身，也上过战场，死人见多了，不应该感到害怕。可是，一看到他，一闻到他身上的酒气，我的胆囊还是缩紧了，就像一下子掉进了冰窖。我做梦也没想到，田汗是来告诉我那样一个消息的。

他把我领了出来。走出那个院子，我看到了他的卫士。他们离我们十几步远，猫着腰来回走着，就像移动的灌木。此外还有几个站岗放哨的人，他们拿的是红缨枪。（在夜里）那红缨看上去是黑色的。此时，朔风劲吹，并且开始下雪。一个卫士走了过来，递给田汗一件衣服。那衣服是用斜纹布做成的，就像医院里的病号服。它比老乡织出来的土布软和，惟有首长和刚到延安的学者才有穿的份儿。不瞒你们说，当田汗把它披到我肩头时，我忍不住流泪了，鼻涕也流了出来。田汗看着我，想说些什么，但一直没有说。我的脑子更乱了。在外面站了一会儿，他说，这里太冷了，还是回后沟吧。他没有把我送进拘留所，而是把我带进了一间暖烘烘的窑洞。看到墙上贴的列宁像和教室分布图，我方才晓得那是西北公学的一间办公室。他把鞋脱了下来，掏出鞋垫，用火钳夹住，悬在火盆上方烤着。一个卫士进来要替他烤，他摆了摆手，命令他站到外面去，不许放一个人进来。窑洞被他的鞋烤得臭烘烘的，再加上炭火的烟气，我的眼睛就被熏得眯了起来。不怕你们笑话，当时我觉得那味道很好闻，很亲切。他翻开自己的裤腰，逮住一只虱子丢进了火盆，我听到叭的一声响。尔后，他又逮了几只，不过，他没有再往火里扔，而是用指甲盖把它们挤死了。

他身上的酒气，让人迷醉。他掏啊掏的，从身上掏出一个酒葫芦。他把酒葫芦递给我，尔后又掏出两只酒杯，用大拇指在里面擦了一圈。他给自己倒了一杯，也给我倒了一杯。他说："喝吧。怎么？还得我给端起来？"这是两个月来，第一次有人请我喝酒。我又流泪了。当他又从怀里掏啊掏的，掏出两只猪蹄的时候，我赶紧咬住了嘴唇，不然，我的口水就要决堤而出了。田汗问我这酒怎么样，我说，好啊，真好啊。葛任没死的消息，我就是在这个时候听说的。我刚啃了一口猪蹄，就听他说：“有件事，给你说一下，葛任还活着。”我吃了一惊，一下子站了起来，就像被火烧了屁股。

有甚说甚，我简直不敢相信自己的耳朵。去年，也就是三十一年（注：即1942年）冬天，我从前线回到延安时，田汗噙着泪，向我讲过葛任的死。当时，他说得有鼻子有眼，说三十一年夏，葛任带着部队出去执行任务，黄昏时分，在一个叫二里岗的地方，遽然与一股日军遭遇了。二里岗有一个关帝庙，葛任的部队就是在关帝庙四周，与敌军激战了几个时辰，最后为国捐躯，成为民族英雄的。他告诉我，有人私下把葛任说成是关公似的人物，当地的民众还嚷着要在关帝庙里为葛任立碑。将军，田汗这么说的时候，我是边听边流泪呀，都不晓得说什么好了。有好长时间，我夜夜梦见葛任，每次从梦中醒来，我都唏嘘不已。唉，未曾想闹了半天，葛任竟然还活着。

这会儿，田汗讲完之后，一边用劲地拍着大腿，一边说：“驴日的，我真是太高兴了，太高兴了。葛任同志大难不死，必有后福。我是整夜整夜睡不着觉呀。”随即，他又提醒我，此事尚无人知晓。事不秘则废呀，一旦走漏了风声，日本鬼子和国民党反动派就会提前下手。那样一来，葛任同志可就性命难保了。

将军真是心明眼亮。对，田汗冒雪来看我，当然另有目的。我想到了这一点，但他不说，我不敢贸然发问。待我啃净了一只猪蹄，他才说，他命令我到南方去一趟，代表他把葛任接回来。让我想想他的原话是怎么说的。哦，想起来了。他说："葛任同志在南方受苦了，身体原本虚弱，肺又不好，够他受的。你去把他接回来，让他回延安享几天福。你是医生，派你去最合适不过。不知你意下如何？等办好了此事，我就去跟组织说说，把你的问题解决了。戴着托派帽子，你不觉得丢人，我还丢人哩。谁让咱们是老乡呢？丑话说在前头，要是办砸了，可别怪我挥泪斩马谡。"

他说得很笼统。只说南方，没提大荒山，更没有提到白陂镇。我当时对他说，我呢，只是一介书生，又犯过路线错误，恐怕难当此任。他说，不管白猫黑猫花猫，捕得耗子便是好猫，祝你完成任务。我问他组织上是不是已经决定了。他脸一沉，举着烧得通红的火钳，说："你呀你，真是狗改不了吃屎。有句话一定要牢记心间，不该你问的，你就不要多嘴，更不要随便记日记。你不说话，也没人把你当成哑巴。不写日记，也没人把你当成文盲。”我赶紧立正站好，对他说：“我跋山涉水来到延安，为的就是给革命做贡献。如今机会来了，头可断血可流，也不会辜负你的教诲。”

按田汗的吩咐，当晚我还住在后沟。田汗还交代看守，让我独自住了一间窑洞。那天晚上，我怎么也睡不着，一晚上撒了好几泡尿。每次撒完尿，我都一边打着尿颤，一边对着贴在窑洞里的那张列宁像鞠躬。因为下雪，天地之间都是灰的，让人觉得天很快就要亮了。鸡好像被雪迷住了，半夜就叫了起来。鸡一叫，我就一骨碌爬了起来，站在那里，还不由自主地抬起了脚。这样连续搞了几次，我的右腿就开始痉挛了，我很担心右小腿的静脉炎恶化，令我不得不推迟行期。唉，进拘留所之后，我那个地方挨过几脚，十分敏感。

人是需要互诉衷肠的，那是一种幸福。是的，一想到可以对葛任倾诉衷肠，我就觉得这将是一次幸福的旅程。我还想，葛任见到我，一定会满脸通红。他是一个羞涩的人，受到一点恩惠，就会脸红。将军说得对，这与他的革命者身份不符。若知道我是千里迢迢赶来看他的，他不脸红才怪呢。我这样想着，就在鸡叫声中迷迷糊糊地睡着了。可刚睡着，就听见轰的一声，接着我就听见有人喊，出事了，出事了，当中还有人哭爹喊娘。起初，我还以为是敌人打过来了，连忙从地上捡起一块石头，想着起码可以和敌人拼一下。后来，我从人们的喊声中听了出来，原来是拘留所的一间窑洞塌掉了，几个人犯被砸了进去。范将军，你问得好。那窑洞为什么会塌下来？莫非那些人吃了豹子胆，想挖出一条道跑出来？连我都这样想了，后沟审讯科的人自然也会想到。我的头皮立即有点发麻了，仿佛看见子弹正穿过他们的眉心。

我正这样想着，一个人影闯了进来，拽住我就走。我问他："同志，你有何贵干？"他命令我闭嘴，只管跟他走。出了院子，借着莹莹雪光，我模模糊糊看出他是田汗的卫士。那个小鬼很会说话，说首长让他来看看我是否受了伤。走了一会儿，在一个牲口棚旁边，我看见了田汗。他袖着手，披着羊皮袄，嘴里叼着烟。他命令我马上离开延安，火速奔赴张家口，面见窦思忠，而后再到南方迎接葛任。不，将军，他还是没有明说是白陂镇。他说，具体事项，窦思忠会向我讲明白的。窦思忠是谁？他是田汗的手下，曾跟着田汗出生入死，对田汗忠心耿耿。我后面还将提到此人。

当时，他（田汗）一提到张家口，我就想到了自己的老丈人。我的老丈人就住在张家口。我担心他受我连累，有甚么不测。田汗多聪明啊，甚么能逃过他的眼睛。我稍一迟疑，他就看出了我的心思，说："这跟你的老丈人无关。还是葛任同志的事，窦思忠同志会告诉你如何找到葛任同志。"我问冰莹是否和葛任一起，要不要把冰莹也接回来。田汗脸一沉，说："你只管完成你的任务就行了，别的不要多问。"我说："天冷，我想回去取件衣服。"他拉了我一下，说："都给你备齐了，连裤衩都给你备好了。给窦思忠的信，就封在裤衩里。"他还特意交代我，一路上不要提葛任的名字。"记住了，葛任的代号是〇号，取的是圆圆满满的意思。祝你圆满完成任务。"他指了一下沟底。我模模糊糊看见，沟底有一头毛驴，还有一个人。

田汗说完就走了。我顿觉心中惘然，在雪地里站了许久。雪越下越大，田汗的身影消失在土岗那边时，我才向沟底走去。风从光秃秃的土岗上吹来，吹到脸上有如刀割。然而，一想到马上要见到葛任了，我也就不觉得苦了。牲口棚上的苇秆呜啾啾响着，尔后风将棚顶也掀翻了。有几只鸟惊飞而起，也不晓得是乌鸦还是喜鹊。我跟喜鹊有仇，因我曾用烧熟的喜鹊为人治疗便秘。灵鹊报喜，是迎客进门的，此时却叽叽喳喳地要撵我走。将军，当时我可万万没有料到，我这一走，就像瓜儿离开了秧，再也回不去了。甚么，那是哪一天？唉，我实在记不起来了。在后沟关了两个来月，脑子都不大好使了。

毛驴茨基

有甚说甚，田汗没骗我。驴车上果真什么都有，吃的，喝的，穿的。连酒都是现成的，那天晚上不是用过一个酒葫芦么，就是那个。命令如山倒呀，因我走得急，没有什么衣服，田汗就在车上给我放了棉袄和棉裤，当然还有裤衩。在车上换衣服时，我拎着那个裤衩亲了亲，就像亲着自己的亲人。

将军，你到过陕北么？好，我不问，只管说。我先说说毛驴。毛驴可是宝贝疙瘩，你寻不到比它更好的长工了。犁地、推磨、拉炭，什么都离不开它。边区的人说话都要带上“驴”字。骂人时喊对方是“驴日的”。事情办砸了，十分恼恨自己，怎么办？就骂自己是“驴日的”。别笑，我有甚说甚。高兴了，也说“驴日的”，细声细语地，就像和婆姨说悄悄话。我刚到延安时，革命热情高涨，干活不惜体力。有一次在延长，风闻胡宗南的人马打过来了，部队必须马上转移。当时车马不足，我背着一个伤员，沟沟坎坎的，一走就是二里地。人们这就送给我一个外号，叫“小毛驴”。我当时甚是高兴，就像戴上了桂冠，做梦都会笑醒。可是，后来我成了托派，人们就把这个绰号给改了，叫我“毛驴茨基”。

赶车的老乡都晓得我的绰号“毛驴茨基”。他说，我被打成托派的时候，他亦在跟前。他以前是康生的房东，康生你知道么？此人是中央社会部部长。老乡还说，他多次见过毛，也见过王明。老乡嗜酒，趁我解手的工夫，把我的酒葫芦掖进了他的棉袄。喝了酒，他的话就多了起来，扯东拉西。说王明的列宁装总是干干净净的，像个婆姨。他又喝了一口酒，扭头说道：“你这人，姓毛，脸上却没有一根毛。”他说着，就笑了起来。他笑的样子很怪异，笑的时候脖子要缩回去，笑完之后才伸出来，好像他是用脖子笑的。我告诉他，我不姓毛，姓白，脸上的毛还是有的，因为要出远门，把毛刮掉了。他这才说，他晓得，什么都晓得，只因雪天出门太恓惶，找着话和我拉呱呢。

什么，将军，你问我是怎样成为托派的？唉，说起来，我能成为“毛驴茨基”，也是因为毛驴。说得细一点，是因为驴粪。因果相生，毛驴多，驴粪就多。驴粪多了，就需要掀起拾粪运动解决问题。而有了运动，就要有人倒霉。说起来，最早还是我们这些医生们提议拾粪的。起因是一名战士夜间通知人开会，出门踩住了一颗驴粪。就像踩着一块冰，他哧溜一声滑出很远，撞上了一个树桩。他的一条腿原本就挂过彩，不能太过用力，这一下给撞骨折了。一位首长来医院慰问战士的时候，医生们就提议，最好能给老乡们打个招呼，在自家牲口屁股后面挂一个布兜兜，这样既积了肥，道路还干净，还能避免此类事故。首长一听很高兴，搓了搓手，说：“驴日的，好主意。”随后，他提到了一个实际困难：虽说老乡们可以让自己的娃娃穿上军装为革命而死，可是让他们拿出一块布做个粪兜兜，却比从老虎嘴里拔牙还难，舍不得呀。不过，首长还是表示要把这个问题拿到会上研究研究。我们等了很久，也不见下文。遽然有一天，上面说美国记者要来延安，为了给美国人留个整洁的好印象，组织上决定，赶在美国记者到来之前，掀起一个轰轰烈烈的拾粪运动。

舆论是革命的先导，我们医院的墙上就贴着一幅标语：拾粪归田，服务抗战。报社和学校组织的文艺宣传队还扭着秧歌，宣传拾粪。冼星海和塞克写的《生产大合唱》也给改了唱词："二月里来呀好春光，家家户户拾粪忙，指望着今年收成好呀，多捐些五谷充军粮。"为了进一步给拾粪运动造势，延安还组织过一次歌咏晚会。担任主唱的两位歌手来自陪都重庆和孤岛上海，如今是这里的合唱团团员。上海的那位歌手曾找我看过病。她对我说，她曾在德国待过，在那里学过花腔。"花腔？花腔不就是花言巧语么，还用得着去德国学习？巧言令色，国人之本能也。"我对她说。她立即掐了我一下，说我是个土包子，白在苏联待了。而后，她指着自己的玉颈，比划来比划去，说花腔是一种带有装饰音的咏叹调，没有几年工夫，是学不来的。既然她说得神乎其神，我就让她来一段听听。哈哈，在我听来，那跟驴叫差不离，一咏三叹，还抖来抖去的。她告诉我，她曾给合唱团的领导上过一个折子，说美国人就喜欢听这个。但领导说了，美国人来后，最好还是让他们见识见识咱们的《二月里来》。

在那个歌咏晚会上，她们唱的就是改了词的《二月里来》，也算是美国人到来之前的一次彩排。重庆的那位歌手很兴奋，一上来就喊："Are you ready（都准备好了吗）？"我们就喊准备好了。她这才开始唱。她还喜欢把话筒伸到观众席上，让大家和她一起唱。虽然没人响应，可她还是说："唱得好，唱得好。再来一遍好不好？"她还号召大家："两边的同志比一比好不好，Yes！给点掌声啦，鼓励一下啦。"在她的号召下，我们都把随身携带的粪筐举过头顶，随着节拍，跟着她一起摇头晃脑。

运动就有这点好处，立竿见影！不分男女老幼，都带着柳条编的粪筐，见粪就拾。拾来拾去，就没粪可拾了。街上干净得很，就像上海的霞飞路（注：现名淮海路）。可是有一天早上，我值完夜班从医院回来，遽然看见有人在街上放羊、放牛。什么时候，都少不了毛驴。牵到街上的毛驴，都有一副好行头，腰上披着棉垫，嘴上戴着驴套，围脖也是少不了的，因为那就相当于人们出席酒会时打的领带。（毛驴）还打滚呢，搞得尘土飞扬。延安正在反对自由主义，可那些畜生却不吃这一套，自由得很，到处拉粪。咦，怎么回事？我还以为要开一个牲口交易会。尔后方才晓得，畜生上街游行，是为了把粪拉到街上，让人们有粪可拾，以便掀起拾粪运动新高潮。当时，我正纳闷，遽然听见唢呐声声，扭头一看，腰鼓队和舞狮子的都来了。人们就在欢庆声中拾粪。很快，街上的粪就被拾完了。千错万错，我不该看见马路中央的那几颗驴粪。那几颗驴粪蛋，像元宝似的躺在路上，很招人喜欢。我随着节拍，扭着秧歌走了过去，可我刚铲起一颗，有人就把我的粪叉没收了。原来是我们医院的外科主任张占坤。他是医院拾粪小组的组长，也在俄国待过，平时与我谈得来，还和我住过一间窑洞。我对张组长说："你都看见了，我正在响应拾粪运动。"他说："这些粪是给首长们预备的，可不是给你拾的。你拾了，首长们拾什么？"我开了句玩笑，说："毛驴还会再拉呀。"我就把驴粪放进了粪筐里。张占坤恼了，上来就把粪筐给我踢翻了："叫你拾，叫你不听指挥。"他还推了一下我的肩胛骨，我差点像那个不幸的伤兵一样摔倒在地。张占坤本来性情温和，对我也很尊重，这会儿遽然向我动粗，我的脑子都转不过弯了。他再踢我时，我就用胳膊肘顶了一下他的软肋。我没有太用力，他也没有摔倒。他还笑嘻嘻地说："哟嗬，驴脾气还挺大哩。"我也笑了笑。唉，我以为事情就这样过去了，可没想到，第二天张占坤就把我的日记从枕头里偷了出来，上缴给了组织。尔后，麻烦就来了。

有甚说甚，给我带来麻烦的那页日记，记的其实是我与葛任、田汗和黄炎的一次谈话。说起来，我之所以写日记，还是听了葛任的话。他说，写日记能使内心生活丰富起来，一个人没有内心生活，就像一个人没有影子，一间房子没有门窗。他一定没有料到，我会栽到日记上面。什么？你也知道黄炎？对，他是个记者、编辑。有一次，我们几个人坐在窑洞里聊天，聊着聊着，就说到了托洛茨基。葛任讲了托洛茨基的一个小故事，托洛茨基被史大林（注：现译为斯大林）流放到阿拉木图（注：现为哈萨克斯坦的首都）的那一年，集体化运动引发了大规模的农民暴动。托洛茨基认为，他和列宁建立的苏维埃政权，已经快被史大林（斯大林）的暴政和冒险给毁了。但是，托洛茨基想的不是重返莫斯科，借机发难，而是给朋友们写信，让他们顾全大局，求同存异，不计前嫌，辅佐史大林（斯大林）渡过难关。我在日记中记下了此事。好在我没写是在田汗的窑洞里听来的，没写它出自葛任之口，不然，他们也要跟着我遭殃了。如今想起来我还有点后怕，因为我差点把葛任的另一番话记下来。葛任说，倘若列宁的继任者是托洛茨基，托洛茨基也定然会与史大林（斯大林）一样，对昔日的战友痛下杀手。酒装在瓶子里是酒，装在葫芦里还是酒。我后来想，倘若这句话也写进去，我即便种了十亩脑袋，也别想留住一颗。

日记缴上去，我就被收审了。如今想起审讯者的样子，我还胆战心惊。他们一上来，就把枪拍到了桌子上，叭的一声，吓得人魂飞魄散。要晓得，那可不是惊堂木，而是从日本人手中缴获的三八大盖。我被押进去的时候，有一个人正在受审。他是个智（知）识分子，被打成托派是因为嘴太碎。有一次，他在操场上听完报告，在延河边散步的时候，对别人说："江青装着捉虱子，裤子捋得那么高，让丘八（士兵）们看她的大腿。真不要脸呀。"这话传到上面，他就被收审了。刚好王实味也说过类似的话，锄奸科的就断定他和王实味是一伙的。调查来调查去，就查出他和王实味是北大同学。他一开始也是嘴硬，拒不承认自己是托派，于是乎，他很快就被提溜起来，吊到了房梁上。刚吊了一袋烟工夫，他就承认自己是托派了。我听见旁边的一个审讯者说："好，一炮就打响了。坦白从宽，抗拒从严。只要你乖乖地承认自己是托派，你就可以吃到一碗鸡蛋面条。"那家伙看来是饿坏了，吃过第一碗，抹抹嘴，又说还有事情要交代。他又交代自己是特务，于是乎他又吃到了一碗鸡蛋面条。抹抹嘴，他说他感谢组织，因为他刚才吃的是双黄蛋。他说还要交代，这回他吹牛说蒋介石是他的外甥，宋美龄是他的外甥女。宋子文呢？他说是他侄儿。疯了，彻底疯了，连胡宗南和阎锡山都成了他的干儿子。这回他吃不成鸡蛋面条了，而是吃了几鞭。他当天就自尽了。他活学活用，也把自己吊到了房梁上。他用的不是绳子，而是自己的裤带。他的遗言只有一句："哲学家说，无人能揪着自己离开地球，可我做到了。"

什么，你问我是否也（被）吊了起来？吊了，当然吊了。对，我也吃了两碗香喷喷的鸡蛋面条。之所以吃到第二碗，是因为我对审讯者交代，我日记里所写之事，皆是张占坤告诉我的。我并不想把他屙出来，因为诿过于人并非我之做派，可是人不犯我，我不犯人，人若犯我，我必犯人。他后来也被关到了后沟。我在后沟时，半夜曾听见张占坤像疯狗似的，把我的祖宗八代都骂了一遍。起初，我还很生气，倘若我是一只狗，我定然扑将过去，咬他娘的一个稀巴烂。可我是个人，脖子上架的脑袋是用来思想的。我想，我犯不着跟他一般见识。这么跟你说吧，起初我还有点后悔，觉得对不住张占坤，后来我就不后悔了。还是那个理由，我是一个人，不是狗，我会思想。我想，我这样做是为了惩前毖后，治病救人。这么一想，心里就舒服多了，我捂着耳朵说，驴日的，骂吧，我就当耳孔塞了驴毛，甚么也听不见。

有甚说甚，在后沟，不等别人来做思想工作，我就把自己的思想工作给做了。我打心眼里承认自己犯了错误。别的都放一放，就拿拾粪来说吧，当我说“毛驴还会再拉呀”的时候，我其实就已经犯下了不可饶恕的错误。我受党教育多年，早该学会站在毛驴的立场上思考问题：那些毛驴，口料已经一减再减，可为了革命事业，还是坚持拉磨、拉炭、犁地。它们的肚子本来已经够空了，但是为了响应拾粪运动，它们有条件要拉，没有条件创造条件也要拉，不容易啊！可我呢，作为一名知书达理的智（知）识分子，却一点也不体谅毛驴，竟然还要求它们一直拉下去，拉下去。这跟党八股错误、宗派主义错误、主观主义错误，一样严重呀。阶级感情都到哪里去了，喂狗了吗？难道你的觉悟还不及一头毛驴？

前面不是说了，我被吊上房梁那天，赶车的老乡也在场。他很牛气，说吊人用的那根绳子还是他贡献出来的。那可不是一般的草绳、麻绳，而是祖上传下来的缰绳。因为贡献了那么好一根绳子，他和儿子都吃了一碗鸡蛋面条。他说，当时他最担心的是绳子断掉，因为除了毛驴，那就是他最贵重的家产了。他用它捆草，拴牲口，也用它拴人。他儿子的头脑不大好使，媳妇动辄就要逃回娘家。她的娘家在葭县（注：现名佳县）葭芦镇（注：现名佳芦镇），离圣地很远，去逮一次很麻烦，走一天一夜不说，还得给亲家说好话。所以，最好的办法就是把她拴在炕头上。他十分诚恳地对我说："毛驴茨基，咱有甚说甚，撞上这种鸡巴事，手边没绳，还真是不行。"

早产儿

坐着毛驴车，我想，田汗真是心明眼亮。我确实是最合适的人选。一来我和田汗、葛任都是老乡，二来我是个医生。如此重要、艰巨的任务，交给别人，还真不能让人放心。打虎还要亲兄弟呀，我和葛任虽说不是一家人，却是亲如兄弟。他还没有出生，我就见过他了，当然见的是他母亲的大肚子。葛任的母亲会填词，会作画，葛任后来喜欢写写画画，大概是受她的影响。想起来了，冰莹和葛任的母亲有几分相似，额头像，眼睛像，尤其是嘴角的笑纹，遽然一看，简直就像是一个人。有甚说甚，冰莹和葛任有那么多恩怨，扯不断，理还乱，实在是缘分。

好，不谈这个，还说葛任。我记得他是游行时生的，那是在己亥年（注：1899 年）。他是个早产儿，我的五婶就是他的接生婆。游什么行呢？戊戌六君子的人头，已经落地一周年了，理当庆祝一番。当时传闻，葛任的父亲与六君子有过来往。为堵别人的口，他们一家人都上了街。队伍游到镇上的麒麟桥时，他的母亲遽然歪到了栏杆上。众人七手八脚把她抬到家，她就生了，生的是一对双生（即孪生子）。他是第一个出来的，第二个是女婴，生下来脐带就缠在脖子上，很快就死去了。后来在苏联，葛任有一次对我说，自他生下来那一刻起，死神就是他的伴侣。他说的就是这个意思。五婶说，葛任生下来时胎衣很薄。照青埂镇人的说法，那叫“蓑衣胞”，长大后会有出息。不过，医学上对蓑衣胞另有说法。胎衣薄，是因为他是个早产儿。我想，他后来患上肺病，大概就因为他是早产儿。医书上讲，早产儿的肺组织分化不够完善，肺泡少，血管多，易于出血。将军，你知道葛任的乳名叫甚么？对，叫阿双。看来，你对他确实很了解，他的头顶确实有两个旋。但葛任后来说，母亲给他起那样一个名字，一定是想起了他的妹妹，即那个死去的女婴。但是我想，母亲叫他阿双可能还有别的意思。他的母亲太孤单了，别人都是夫妻恩爱，成双成对，唯有她是孤零零一个人。所以，她给他起名阿双，其实含有思念男人之意，盼着葛任的父亲早点回来，夫妻团圆。

葛任的父亲当时还逃在日本。葛任每次放学回来，都想替母亲干一点家务。可母亲只让他干一件事，就是上街买洋火（火柴）。在吸烟的人家，什么东西都能缺，惟有洋火缺不得。吸烟的是葛任的祖父。他是个大烟鬼。我小时候见过他的烟枪，烟嘴是翡翠做成的，枪杆子上包着一层镂刻的银花。他躺着抽烟的时候，因为床榻不够深，他的脚底下还垫着一个矮凳。葛任的母亲用签子从瓷钵里挑取烟膏，就着烟灯为他烧烟。那烟灯一闪一闪的，就像地狱里的硫黄之火。俗话说，一家吸烟三家香，每当那股奇异的香味飘过墙头，吸过大烟的人都会把活儿停下来，像狗那样使劲嗅着鼻子。葛任的母亲劝他少吸，他就给她讲一通歪理，说他们的老祖宗葛洪之所以炼丹，就是因为没有烟吸，要有烟吸，还炼丹做甚么？葛任每次买洋火回来，母亲都从中抽出两根，而后细心地用小刀将洋火头上的红磷刮下来，装到一个空洋火盒里。她很聪明，每一次都绝不多取，免得给祖父发现。他母亲曾对葛任说："阿双啊，这盒子装满了，你父亲就该回来了。"葛任也曾偷偷地往盒子里装过火柴头，他以为那样一来，父亲就会提前回家。可是后来，那个盒子装满了，他的母亲却死了。

她是用虎骨酒将那些红磷送服的。虎骨酒和红磷相互作用，就会毒性倍增。尽管如此，直到第二日的午后，她还没能咽下最后一口气。镇上的郎中来到家里，对葛任的祖父说，看在吸过你几个烟泡的分上，我如实说了吧，即便将她救活，她也是个半拉子废人。救与不救，你点个头。葛任的伯父那时还留在家里，他说救，当然要救。郎中说："好，去茅房里给我舀来几勺粪，听清了，只要稀的，不要稠的。"他对看热闹的人说，这样既能以毒攻毒，又能逼她将尚未消化的红磷吐出。葛任的母亲头脑还清楚，紧咬嘴唇拒绝吞服。当葛任从学校赶回来的时候，郎中已被搞得浑身是粪。他吐了一口血，就晕倒在了母亲身边。唉，如今想起来，那应是他平生吐的第一口血。

葛任吐血的时候，我也在场。后来，也是我和五婶将他抬到我们家里，给他吃的，给他喝的，而后又慢慢劝开的。那几天，我跟他寸步不离，每天都陪着他，生怕他寻了短见。过了些日子，他的情绪好些了，再谈起此事，他就对我说："白兄啊，我日后定然报答你们。"他说到做到，不放空炮，日后我果然受了他许多恩惠。

帽子戏法

有甚说甚，为了来白陂接葛任，一路上可真遭罪了。我不想让老乡跟我遭罪，到察哈尔（注：旧省名，后并入内蒙古、河北、山西）地界时，我曾劝他回去。他不，说是落下我一个人，路上太恓惶。我说，那我该如何谢你呢？他的脖子又缩了回去，嘿嘿笑了两声，说有酒喝就行。那时，天已擦黑，我们刚好走到一个镇子外头。四周都是土冈，上面长着一些稀稀拉拉的菜蔬。我们正谈着，遽然从冈上跑来一疯女人，披头散发，哇哇乱叫。另有一个穿着短褂的老人，拎着棍子在后面追打。我想与老人谈话，老人却不愿搭理我。我见他面黄肌瘦，就塞给他一个烧饼。他咬了一口烧饼，对着女人的背影喊了一声：“好狗不死家。”我后来晓得，那女子是他的女儿，被鬼子奸污了，他觉得她辱没了家门，才要撵她出来。日本人可真孬啊。在上海时，有一个朋友说，日本人好淫，是因为他们是岛民，嗜食鱼虾，而此等水产之中，富含磷质，刺激生理，所以他们最见不得女人和酒。朋友还说，小日本想征服中国，就像蛇吞大象，而蛇就是最下流的东西。我的那位朋友善于讥讽，说他们连本人都要日，遑论他人。好，不说这个了。我说这些没有别的意思，只是想让你知道，来白陂途中有多么险恶，运气不好，还可能遇见日本人。

那个镇子叫德兴镇。进了镇子，我瞧见了路边飘着酒旗。我请赶车的老乡吃了一次肉包子，喝了几盅酒。酒是地瓜干酿成的，烈得很，就像一团火。他喝起来不要命，转眼就晕了。一晕，就说到了他的儿子，夸他的傻儿子有多机灵。他拿着筷子在大腿根比画了一下，说：“俺那个娃啊，夹一根木棍就可以骑马马，跟演戏似的。演戏还得跟师父学，可俺那娃不跟师父学，就会骑马马。”他是笑着说的，可听得人心酸。伙房后边便是起火店。当晚，因为喝了点酒，我很快就睡着了。可没过多久，我就被吵醒了。老乡正给起火店里的掌柜吹牛。在老乡嘴里，田汗简直就是个活神仙。按说，他不该乱讲的，因为那会泄露机密。我这才醒悟过来，店里的掌柜其实是老乡的熟人，我们并不是偶然路过此镇，这一切都是老乡事先谋划好了的。

他讲的事情我也有所耳闻。是这样的，田汗的人马作为先头部队的一支刚到延安时，曾召集老乡们到河边开会。在会上，田汗给老乡们玩过一次魔术。他问老乡养不养鸡。老乡们说，养个屁，都让胡宗南逮光了，鸡长什么样，几只眼，几条腿，都忘鸡巴了。田汗就说，那我就给你弄只鸡养养吧。田汗就把帽子摘下来，亮出帽底，让他们看里面空空如也。他一只手托着帽子，一只手在帽子上方东抓一下，西抓一下。而后呢，他袖子一捋，顺手打了一个榧子，就从帽子里取出一只鸡雏。田汗又问大家想不想养鸽子。这一下，他们都迷过来了，都说想。田汗就又打了一个榧子，从帽子里取出来一只杂毛鸽子。鸽子扑棱棱飞上蓝天的时候，民众都看傻了。田汗又说，鸽子不好养，跟汉奸似的，喜欢跟着别人的鸽子跑，还是算了吧。说着，一枪就把鸽子毙掉了。鸽子落地以后，田汗又说，这么冷的天，耳朵都冻掉了，老乡们没有帽子戴，我还是给大家发顶帽子吧。于是乎，一顶帽子，两顶帽子，三顶帽子，许多顶帽子，像喜鹊似的从他的帽子里飞了出来。人们都高兴坏了。

我醒来的时候，老乡正添油加醋，讲着帽子戏法。照他说，最先做出反应的是狗。那些狗把低空飞行的帽子当成了烧饼，都一跃而起。风一吹，帽子就在空中打转。狗呢，也跟着帽子在空中翻来翻去。讲到此处，老乡还学着狗的样子，脖子扭扭，屁股扭扭。他边扭边说，狗发现那东西咬不动嚼不烂，才把帽子叼到主人身边。当有人喊着想要毛驴的时候，田汗就说，只要大家好好干，他保管家家户户都养上鸡，喂上毛驴。最后，这位老乡像田汗那样叉着腰，手指窗外，模仿着田汗的嗓音说："毛驴会有的，婆姨会有的，一切都会有的。"看见那个掌柜听得眼珠子都要掉出来了，我不由得笑出了声。老乡呢，见我醒了过来，不但不住嘴，竟然还指着我说："不信你问他。"为了不扫他们的兴，我就点了点头。我想起他在路上说过，他的儿媳妇是用田汗给他的一只鸡换来的，就开了个玩笑，对掌柜说："掌柜，他的儿媳妇也是田汗从帽子里拿出来的。"

"帽子里藏有黄花闺女？"掌柜的眼又直了。我又点了点头。哈哈哈，这么一来，老乡更来劲了。他真的把那只鸡和帽子戏法扯到了一起。胡说什么开会那天，他就蹲在最前面。他眼明手快，抢到了一只鸡和一顶帽子。那顶帽子，他的儿子现在还戴着，至于那只鸡，他给儿子提亲的时候，当作定情礼物送给了住在葭县葭芦镇的亲家。他特意强调那是一只母鸡，一年四季都下蛋，还说葭芦镇的许多人参观过他的那只母鸡。说到这里，老乡问我晓不晓得李有源。我说晓得啊，不就是唱信天游的那个老乡吗？他说，是啊，李有源可是个有头脑的人，唱歌、种地样样在行，李有源到镇里赶集的时候，还专门跑来参观了他那只母鸡，并说它比凤凰还好看。接他的话茬，我顺口胡诌了一句，说李有源还当场吼了两嗓子，东方红，鸡打鸣，凤凰来到了咱葭芦城。我话音未落，老乡就说："咦？你也晓得此事？"他还问我当时是否也在葭芦镇。我想笑，可是没敢笑出来。而后他就接着我的话头吹嘘，李有源能唱出《东方红》，多亏他的那只母鸡。

老乡对掌柜说，到延安尽管找他，他不光能让他见到田汗，还会安排他见到康生。掌柜羡慕得不得了，嘴巴一直张着。老乡吹够了牛，才躺下睡觉。陕北人喜欢光屁股（睡觉），可他的裤衩却舍不得脱。他这才告诉我："俺带着纸蛋蛋哩，一路上接头，凭的都是它。"那个纸蛋蛋，塞在短裤前面一个小兜里。他在那里掏啊掏的，动作很不雅观，甚至有点下流。他把那个纸蛋蛋掏出来，在我面前晃了一下，就又塞了回去。至于纸蛋蛋为何放在那个地方，他的回答是，只有用鸡巴顶着，他心里才踏实。他还说，上面写的什么他并不晓得，因为斗大的字，他不识半升。他说了谎。我们途经一个叫阎庄的村子时，在村口见到一张布告，他还凑到跟前看了看。他显然看懂了，因为看完以后，他还摇了摇头，咂了咂嘴。这会儿，我问他能不能让我看一下。他咦了一声，说那可是"组织"，不能让个人看的。我真想告诉他，我的裤衩里也有一个纸蛋蛋，也有一个"组织"。

那天晚上，我出去解手时，看见一个人牵着骆驼来到了后院，他似乎是个盐商。我想，莫非他也是来这里接头的？我们的毛驴和他的骆驼似乎很投缘，嘴伸到对方身上闻着、舔着。它们还很有共产主义风度，用嘴拱着草料，推来让去。回到屋里，我从窗缝看出去，看到清冷的月光在驼峰上闪耀。毛驴躺到地上打滚的时候，骆驼就叫了起来，好像在为毛驴喝彩。那时候月亮已经升得很高，眉清目秀的，就像姑娘的脸盘。我盯着它看了许久，上面的蟾宫也仿佛清晰可见。我想象着它照耀着远方的树木、沟渠，也照耀着我即将见到的葛任。葛任是否晓得我来找他呢？他是否像我一样，也在凝望月亮？我对田汗愈加感激起来。设若不是他暗中相助，我关在后沟的窑洞中，定然看不到这样的月亮。你说得对，那时候，打死我也想不到，他们之所以派我去大荒山，是要我干这个的。就像我怎么也想不到，第二天早上，东方红太阳升的时候，我们的早餐竟是骆驼肉。而那个盐商，已被砍杀了，扔到镇上的一眼枯井里了。掌柜对我和赶车的老乡说，这个人很有钱，绫罗绸缎不说，屁股后面还别着一把枪。如今兵荒马乱的，谁能穿得起绫罗绸缎？怎么看都不像好人，反正不是汉奸就是逃兵，干脆砍死去球。

掌柜把骆驼肉递过来，说，他求我们带个话，把他杀掉汉奸的事，给组织上说说。他还讨好地对老乡说："好事别独占，见面分一半，你就说是咱们两个合伙干的。"这么说着，他也像变戏法似的，从袖口里摸出两个串在一起的东西。设若我不是医生，我还真看不出那是什么宝物。耳朵！盐商的耳朵。耳根的刀口，切得很齐整，而且被洗得干干净净。那是他杀死汉奸的凭证。此时，我已惊出了一身冷汗，耳朵也嗡嗡嗡叫了起来。妈哟，倘若没有老乡带路，我指不定也会同那盐商一样，葬身于枯井之中？又因为已经割掉了耳朵，即便下了地狱，我也别想听见一点动静。

名家点评

作为一个认真诚恳的作家，李洱一直有相当充裕的知识和思想准备。他的作品具有很强的虚构特征，总是致力揭示历史与现实的复杂内涵。他始终不懈地在历史和个性、在性格和命运的交织或对抗中展开文学表现。在今天，李洱坚韧的探索精神更显得难能可贵。

不管从小说的艺术表现方法还是它所要把握的主题来看,《花腔》都是一部生动奇妙的小说。这部小说最显著的特征在于不断变换的叙述视点，通过每个人物的叙述，使历史产生歧义，使深厚的历史变得如此复杂丰富而又疑窦丛生。李洱相当贴切地抓住人物的身份和性格展开叙述，使每个人的叙述都别有滋味；同时也不失总体的叙述风格，小说的叙述也始终散发着醇厚的诗情。这部小说以多视角的叙述打开了一个异常生动的历史画卷，特别是有意混淆真实与虚构界限的手法，使得历史与人性的冲突变得真切而意味深长。李洱打开的这个角度，也可以说是中国文学展开现代性反思的最有效的探索。它没有默认那些固定化和经典化的历史叙事，也不进行正面的拆解，他只是平易朴实地调动叙述视点，使历史在重述和叠加中显示出多种可能性。尤为值得强调的是，作者对文学语言有着透彻的认识，作者充分调动文学手法，整部作品显示了文学语言在表现人的命运与精神生活方面的独特价值。这部作品历经艰辛的叙述仿佛表明，正是独特的文学语言，开掘出人类精神生活最内在而生动的品质。总之，《花腔》在小说的结构形式、在思想主题的开掘、在对人的命运的关切等诸多方面，对汉语小说做出了重要贡献。

首届 21 世纪鼎均双年文学奖　授奖词

在新历史主义小说思潮渐近沉寂之际，李洱却以其长篇新作《花腔》宣告了自己历史诗学的诞生。为了更“接近’历史，为了让阅读建立起历史的期待视野，《花腔》将既成的具有常识性的历史史实大把大把地引进自己的叙述。一些历史人物、历史事件乃至细节都与接受者已知的历史知识积累对缝合榫地重合在一起。为了证明自己的叙述是建立在历史真实的基础之上的，作品甚至动用了考据学的方式。这样的努力应该说取得了作者预期的艺术效果，一种历史叙事的知识背景就这样建立起来了，一种历史阅读法的期待视野也由之先入为主地交到了读者那儿，而其后的一切变化与戏剧性的接受效应，都是建立在这样的前提之下的。这正是李洱《花腔》的狡黠之处。

汪政

江苏省作家协会副主席、书记处书记、党组成员，文学创作一级

李洱创作谈：

《石榴树上结樱桃》是我的第二部长篇小说，它讲述的是90年代以后乡土中国的历史性变革，关注的是在这场历史性变革中，乡土中国可能遇到、已经遇到的诸多困难。但是，我不认为它仅仅是一部描述乡村生活的小说。如果我们承认，我们生活在同一个公共空间之内，那么这些故事就是我们自己的故事。我曾对一个认为自己与乡村无关的高级知识分子说，你住在中国的城市也好，住在美国的城市也好，只要你不是住在月亮上，发生在中国乡村的那些“悲喜剧”都会影响到你的生活，你现在的和未来的生活，除非你认为自己没有未来。不过，住在月亮上就与乡村无关了吗？果真如此，那个月亮肯定不是中国的月亮。

面对如此错综复杂、如此含混暧昧的现实和语境，如何在公共生活和个人的内在经验之间建立起有效的联系，并用文学的方式对此进行准确有力的表达，对所有写作者来说，可能都是一项极富挑战性的工作。我能够理解同行和读者对《石榴树上结樱桃》的赞语或者非议。对我来说，我必须承认，也乐于承认，我自己的写作其实才刚刚开始。我还有许多故事没有讲述，还有许多想法没有表达，还有很多困惑没有与读者交流，还有许多美好的想象需要与大家一起分享。

长篇

石榴树上结樱桃（节选）

种上了麦子，那地就像刚剃过的头。青皮裸露，很新鲜，新鲜中又透着一种别扭。孔繁花的腰也有点别扭。主要是酸，酸中又带着那么一点麻，就跟刚坐完月子似的。有什么办法呢，虽说她是一村之长，但家里的农活还是非她莫属。她的男人张殿军，是倒插门来到官庄村的，眼下在深圳郊外的一家鞋厂打工，是技工，手下管了十来号人。殿军自称在那里“搞事业”。种麦子怎么能和“搞事业”相比呢？所以农忙时节殿军从不回家。去年殿军没有算好日子，早回来了一天，到地里干了半晌，回家就说痔疮犯了。几天前，繁花接到过他的电话。能主动往家打电话，说明他还知道自己有个家。繁花问他什么时候回来。她本来想说，村级选举又要开始了，想让他回来帮帮忙，拉拉选票，再写一份竞选演讲辞。上次竞选的演讲辞就是殿军写的。上高中的时候，殿军的作文就写得好，天边的一片火烧云，经他一写就变成了天上宫阙。好钢要用在刀刃上，现在就到了要用他的时候了。可是她还没有把话说出来，他就又提到了痔疮。他说厂里正赶一批货，要运往香港和台湾，不能马虎的，同志们都很忙，他也很忙，忙得痔疮都犯了，都流血了。“同志”两个字人家说的是广东话，听上去就像“童子鸡”。可说到了“台湾”，人家又变成普通话了。他说，他是在为祖国统一大业添砖加瓦，再苦再累也心甘，还说“军功章里有我的一半，也有你的一半”。繁花恼了：“我那一半就算了，全归你。”

繁花恼的时候，殿军从来不恼。殿军提到了布谷鸟，问天空中是否有布谷鸟飞过，说梦中听到布谷鸟叫了。这个殿军，真是说梦话呢。布谷鸟是什么时候叫的？收麦子的时候。随后殿军又提到了“台独”分子，说他那里可以收看“海峡那边”的电视节目，一看到“台独”分子，他的肺都要气炸了。繁花说：“不就是吕秀莲那个老娘儿们吗，你一个大老爷儿们，堂堂的技工，还能让她给惹毛了？”殿军说：“行啊你，你也知道吕秀莲？不过，请你和全家人放心，搞‘台独’绝没有好下场。”繁花说：“张殿军，你给我听着。你最好别回来，等我累死了，你再娶一个年轻的。”当中隔了几天，殿军还是屁颠屁颠地赶回来了。他脸上起了一层皮，眼角又添了几道皱纹，皱纹里满是沙土。怎么说呢，那张脸就像用过的旧纱布，一点不像是从山清水秀的南方回来的。他还戴了一顶鸭舌帽，一副墨镜，也就是官庄人说的蛤蟆镜。这天下午，当他拎着箱子走进院门的时候，女儿豆豆正在院子里和几只兔子玩儿。豆豆边玩边唱，唱的是奶奶教给她的儿谣：

颠倒话，话颠倒，
石榴树上结樱桃。
兔子枕着狗大腿，
老鼠叼个花狸猫。

豆豆对兔子说：“乖乖，枕着狗大腿睡觉吧。”说着就把莲藕一般细嫩的胳膊伸了过去。这时候，殿军进到了院子里。豆豆今年才五岁，大半年没见到爸爸，都已经不敢认他了。他穿的是花格儿的西装，豆豆没把他当成“花狸猫”，已经算是高看他了。这会儿，殿军蹲下来，在西装口袋里掏啊掏的，掏出来一只橡皮筋，一只蝴蝶结，然后来了一句普通话：“女儿啊女儿，你比那花朵还娇艳，让爸爸亲亲。”

豆豆哇的一声哭了，立即鼓出来一个透明的鼻泡。殿军赶紧从包里掏出一只望远镜，往豆豆的脖子上挂。他还掏出一张照片让女儿看，照片上的他骑在骆驼上面，家里也有这张照片的。“你看，这是你爸爸，你爸爸就是我。”他指着骆驼，让豆豆猜那是什么。豆豆怯生生的，说是恐龙。殿军摇着一根指头，嘴里说“No，No”。豆豆说是毛驴。殿军又“No”了一下。豆豆不知道No是什么玩意，咧着嘴巴又哭了起来。这时候岳父掀开门帘出来了。岳父咳嗽了一声，说：“豆豆，别怕，他不是坏蛋，他是你爸爸。”殿军赶紧站了起来，把墨镜摘了。老爷子走过来，一手摸着豆豆的头，一手去拎那只箱子，还摸了摸上面的轮子。“回来了，也不说一声，让繁花去车站接你。”老爷子说。殿军问老爷子身体怎么样，老爷子咳嗽了两声，说：“离死还早呢。”说着，老爷子突然提高嗓门，朝着房门喊了一声：“老太婆，殿军回来了，赶紧给殿军擀碗面条。”殿军弯腰问豆豆：“豆豆，你妈妈呢？”豆豆刚止住哭，泪汪汪的眼睛还盯着他手中的墨镜。老爷子替豆豆说了，说繁花去县城开会了。

县城远在溴水。溴水本是河流名字，《水经注》里都提到过的，百年前还是烟波浩渺，现在只剩下了一段窄窄的臭水沟。县城建在溴水两岸，所以这个县就叫溴水县，人们也就称县城为溴水。官庄村离乡政府所在地王寨村十里，从王寨村到溴水城二十里。晚上七点钟的时候，繁花还没有回来，手机也关机了。殿军有点坐不住了，要到村口接她。老爷子脸上挂着霜，说：“接什么接？坐下。你大老远回来的，有理了，不敢用你。”殿军知道，老爷子一看见他就会生气。他有短处让人家抓住了。一般人家，如果生不出男孩，老人肯定会怨媳妇。这一家倒好，颠倒过来了，不怨女儿怨女婿了。殿军坐也不是，站也不是，就瞟着岳母。岳母瞪了一眼老爷子，把椅子往殿军的屁股下推了推，说：“殿军，还看你的电视。真不想看，就出去替我买包盐？”

岳母这是给他台阶下呢。殿军正要出去，听见了一阵声音，是车笛的声音，声音很脆，跟发电报似的。老爷子眉毛一挑：“回来了，坐着小轿车回来了。”果然是繁花回来了，是坐着北京现代回来的。司机下了车，又绕过来，替繁花拉开了车门。老爷子和司机打招呼的时候，繁花向司机摆了摆手，说了声再见。殿军跟着说了一句拜拜。繁花扭头看见了殿军，把他上下打量了一遍，然后又回头交代司机，路上开慢一点。车开走以后，繁花把手中的包甩给了殿军：“没眼色，没一点眼色，想累死我不是？”

那包里装着她的妹妹繁荣给两位老人买的东西。繁荣在县城的报社工作，丈夫是县财政局的副局长，繁花就是妹夫派车送回来的。去年，村里有人顶风作浪，老人死了没有火葬，而是偷偷埋了。上头查了下来，当场就宣布了，撤掉了繁花村支书的职务。是牛乡长来宣布的。那牛乡长平时见了繁花，都是哥呀妹呀的，可真到了事儿上，那就翻脸不认人了。那真是狗脸啊，说变就变了。要不是妹夫从中周旋，繁花的村委主任也要撤掉了。这会儿，等进了家门，繁花又把那个包从殿军手里拿了过来。那个“拿”里面有点“夺”的意思，是那种撒娇式的“夺”，还是那种使性子的“夺”。殿军空手站在院子里，双手放在裆部，脸上还是那种讨好的笑。繁花扬了扬手中的包，对父亲说：“帽子，围巾，还有一条大中华。我妹夫孝敬您的。”然后他又把东西塞给了殿军："接住呀，真想累死我呀。"殿军用双手捧住了，然后交给了岳父。老爷子拿出那条烟，撕开抽出了一包，又还给了殿军。繁花问殿军："祖国统一了？这么大的事我怎么没听说？"殿军哈着腰说："痔疮不流血了。"繁花又问："听到布谷鸟叫了？"殿军抬头望了望天，又弯下了腰，说："天上有个月亮。"小夫妻的对话，像接头暗号，像土匪黑话，两位老人都听迷糊了。老爷子说："布谷鸟？早就死绝了，连根鸟毛都没有。也没有月亮啊？眼睛没问题吧，殿军？"

上门女婿不好当啊。只要两位老人在家，殿军永远放不开手脚。这天上床以后殿军才放开，才有了点当家做主的意思。他上来就把繁花扒了个精光。繁花反倒有点放不开了，都不敢正眼看他了。当他猴急猴急地骑到繁花身上的时候，繁花用胳膊肘顶着他，非要让他戴上"那个"。瞧瞧，繁花连避孕套都说不出口了。可是"那个"放在什么地方，殿军早就忘了。他让她找，她不愿找，说这是老爷儿们的事。他说："你不是上环了吗？哦，你不是怕我在外面染上脏病吧？我可是有妻有女的人。我干净得很，不信你看。"繁花斜眼看了，脸埋进了他的肩窝，顺势在他的肩膀上咬了一口。繁花本想真咬呢，可牙齿刚抵住他的肉，她的心就软了，不是咬，是舔了。繁花突然发现殿军还戴着鸭舌帽。裤子都脱了，还戴着帽子，算怎么一回事。繁花就去摘他的帽子。这一摘就摘出了问题，殿军头顶的一撮头发没有了。

“头发呢？”她问。殿军装起了迷糊，问什么头发。繁花说：“头顶怎么光了？”殿军说：“说我呢？哦，是这么回事。它自己掉了，也就是咱们说的鬼剃头。”繁花就伸手去摸。什么鬼剃头啊，胡扯。鬼剃头的头皮是光的，连根绒毛都不剩，他的头皮却有一层发茬，硬硬的，扎手。繁花问：“到底怎么回事？”殿军这才说，他站在机器上修理一个东西，一不小心栽了下来，碰破了头皮，缝了两针。殿军还拍着脑袋，说：“已经长好了，骗你是狗。”说着，殿军就像狗那样一下子扑到了繁花身上。

在房事问题上，繁花也称得上巾帼不让须眉。她喜欢骑，不喜欢被骑。也就是说，她喜欢待在上面，不喜欢在待在下面。有一次她听村里的医生宪玉说过，女人在床上要是比男人还能“搞”，那肯定是生女孩的命。好事不能让你全占了，又能“搞”又能生男孩，天底下哪有这等美事？甘蔗哪有两头甜的？所以说，女人再能“搞”，再想“搞”，也得忍着。一句话，一定要夹紧。宪玉啊宪玉，你这是典型的事后诸葛亮嘛。早说啊，早说的话我就忍着点，现在什么都晚了，豆豆已经快上学了，忍也白忍了。想到这里，她心里有那么一点空，脑子里有那么一点迷糊，但身子却有那么一点放纵，是那种破罐子破摔的放纵。她来了一个鲤鱼翻身，就把殿军压到了身下。她的汁液都溅出来了，就像果汁。有一股味道从门缝飘了进来，她闻出来了，是烧香的味道。嗬，母亲又烧上香了，又祈拜那送子观音了。有那么一会儿，繁花有些恍惚。那么多的汁液，能够孕育出多少孩子啊？可她只能让它白白流淌。恍惚之中，她听到了敲门声，好像那送子观音真的显灵了，亲自上门了。不过，事情好像有那么一点不对头。据说送子观音都是来无影去无踪的，而这会儿，那院门的锁环却被拍得哗啦啦直响，还喊呢："我，是我，是我啊。"

繁花听出来了，那人是孟庆书，那是送子观音的天敌啊。繁花有一点恼怒，又有一点无奈。好事被庆书给搅了只是其一，繁花主要担心母亲有些受不了，因为好事一搅，母亲的香就算白烧了。殿军从被窝里伸出脑袋，喘着粗气，问"谁，谁，他妈的谁啊？"繁花说："还能是谁，庆书，孟庆书。” 孟庆书是个复员军人，在部队时入了党，现在是村里的治保委员，兼抓计划生育。以前殿军最喜欢和庆书开玩笑，称他为妇联主任，还故意把字句断开，说他是“专搞妇女，工作的”。庆书呢，不但不恼，还说自己最崇拜的人就是赵本山，因为赵本山在电视里演过男妇联主任，知道这一行的甘苦。这会儿，一听说来的是庆书，殿军咧开嘴就笑了，说：“他可真会挑时候。今天我就不见他了，改天我请这个专搞妇女工作的喝酒。”繁花说：“庆书现在积极得很。快选举了嘛，人家已经有要求了，要求新班子成立以后，再给他多压些担子。”殿军笑了：“压担子？这词用得好，很有水平，进步很快啊。”繁花说：“那得看他跟着谁干的。火车跑得快，全凭车头带。跟着我干上几年，蠢驴也能变成秀才。”繁花支起身，对着窗户喊道：“地震了，还是天塌了？有什么事明天再说。”庆书还是喊：“我，是我，是我呀。”繁花只好穿起了衣服。她还像哄孩子似的，拍了拍殿军的屁股，说：“乖乖别急，打发走了这催命鬼，我让你疯个够。”

外面黑灯瞎火的，那天空就像个巨大的锅盖扣在那里。

月亮倒是有一个，可是被云彩给遮住了，基本上算是没有。有两个人影从黑暗中显现了出来。繁花首先闻到了一股香水的味道，比雪花膏清淡，有点像杏花的味道，还有点薄荷的味道。繁花上去就闻出来了，那是裴贞的味道。领他们进了做厨房用的东厢房，那人果然是就是裴贞，民办教师李尚义的老婆。裴贞和庆书的第二个老婆裴红梅是一个村的，还是本家。裴贞以前也是个民办教师，很有点知识女性的意思，天一暖和就穿上了花格裙子，天一冷就穿上了高领毛衣。这会儿她手里就打着毛衣，不时地还穿上两针。繁花以为庆书和红梅打架了，平时喜欢充当“大姨子”的裴贞看不过去，把庆书押来说理的，就问红梅为什么没有来。庆书说红梅是条瞌睡虫，早就睡了。繁花又看了看庆书，庆书脸上并没有血道子，不像是刚打过架的样子。繁花拎起暖水瓶，问他们喝不喝水。他们说不喝，繁花就把暖水瓶放下了，动作很快，好像稍慢一步，他们就会改变主意似的。这时候，繁花听见母亲在院子里泼了一盆水，嘴里也不闲着：“半夜三更了，还鸡飞狗跳，什么世道啊。”繁花知道母亲那是在发无名火，赶紧把门掩上了。

繁花想，看来庆书是来打听会议的事的。庆书啊，你急什么急？心急吃不了热豆腐。需要你知道的时候，我自然会告诉你的嘛。繁花问："那是怎么回事？裴贞，是尚义欺负你了？不像啊，尚义老师文质彬彬的，放屁都不出声的。"裴贞说："他敢，有你给我撑腰，他敢。"繁花说："是啊，还有庆书呢。庆书文武双全，收拾一个教书先生可是不在话下。"庆书说："尚义对裴贞好着呢。"裴贞用鼻孔笑了，说："再好也没有殿军对繁花好啊。我可看见过，繁花怀豆豆的时候，殿军每天都给繁花削苹果。"庆书说："你也有福气啊，我可看见尚义给你嗑瓜子了，嗑一粒又一粒。文化人心细，比针尖都细，比麦芒都细。"这两个人深更半夜来了，当然不是为了苹果皮和瓜子皮，针尖和麦芒。繁花就问庆书是不是有什么要紧事。庆书说："先说个小事，令佩从号子里放出来了，剃了个光头。"

令佩是村里最有名的贼，小时候在溴水后街拜师学艺，学的就是掏包儿。他师傅把猪油加热，丢一个乒乓球下去，让他捏，什么时候捏出来就算出师了。那是童子功啊。他确实很有出息，他住的楼房就是他掏包儿掏起来的。半年前派出所在庆书的协助下把他揪住了。庆书经常吹的"捉贼捉赃"，指的就是这个。其实，他们是从被窝里把人家揪住的，那时候人家并没有“上班”。这会儿，繁花对庆书说：“改天咱们去看看他，给他送套锅碗瓢勺。组织上关怀关怀，送点温暖，还是应该的。”

庆书说：“狗改不了吃屎。他还能缺了吃的，缺了穿的？”繁花说：“要用发展的眼光看问题，不能一棍子打死。好，还有什么事？说吧。”庆书挠挠头皮，又揪揪耳垂，说：“有点情况。怎么说呢，这情况还真不好说。”繁花说：“有屁就放嘛。”庆书说：“情况说大也大，说小也小。你先听听裴贞怎么说吧。”裴贞好像没听见，头也不抬，继续打她的毛衣，小拇指翘得高高的，很有点兰花指的意思。庆书急了：“路上不是说好了嘛，事情由你来说，我来补充。支书需要掌握第一手材料嘛。”繁花先纠正了他，叫他别喊支书，要喊就喊繁花，不想喊繁花就喊村长。繁花把门关上了，对裴贞说：“说吧，又没有外人。”裴贞用竹针顶着下巴，咳嗽了一下，终于开口了。可她的话绕来绕去的，没有条理不说，还都是些废话，一点不像是教师出身的。裴贞从她家的猪说到了她家的肥料，又从肥料说到了厕所，再从厕所说到了擦屁股纸。说到擦屁股纸的时候，裴贞还很文雅地捂起了鼻子。这时候庆书已经抽完了第二根烟。

他终于忍不住要亲自上阵了。庆书说：“支书，简单地说，就是李铁锁和裴贞两家共享了一个茅坑。为什么呢，因为李铁锁家的茅坑塌了，没钱修。然后，问题就出来了。”

但是一说到具体“问题”，庆书的嗓门就压低了，很神秘，好像谈的是军事机密。他的声音被动物的叫声给压住了。官庄村西边靠水，北边靠着丘陵，村里的副业主要是养殖。毛驴，山羊，兔子，这是地上跑的；鸭，鹅，这是水里游的；还有天上飞的呢，那是蜜蜂，鸽子、鹌鹑。用庆书的话来说就是，海陆空各兵种都齐了。庆书本人也算半个养殖户，不过他养的是鹦鹉，虎皮鹦鹉，不是来卖钱的，而是用来“调节脑神经”的。庆书说过，他有一只鹦鹉会唱《打靶归来》，一开口就是“日落西山红霞飞，战士打靶把营归”。这会儿，很远的地方，传来了驴打喷嚏的声音，很响亮。繁花知道那是村东头李新桥一家喂的草驴，快生骡子了，有一种要生杂种的兴奋。想到了杂种，繁花心头一闪，莫非裴贞蹲坑的时候，让铁锁给撞见了？还有什么动作？或许是李铁锁的老婆雪娥蹲坑的时候，叫李尚义给撞见了？这种鸟事确实不太好说。

繁花喝了口水，稳住神，问了一句：“后来呢？”庆书这会儿干脆变成了假嗓，捏得细细的，哪像个行伍出身的，都快成娘儿们了。庆书说：“后来，裴贞就发现了猫腻，这猫腻就出在裤衩上。隔三岔五地，女人的裤衩就会像那火烧云。可起码有两个月了，铁锁老婆姚雪娥的裤衩都没有火烧云了。”繁花皱了皱眉头，说：“什么火烧云水浇地的。你说的是月经带吧？”庆书说：“对，就是那个。两个月没用了。”繁花身子往后一仰长喘了一口气，然后又往前一探倒抽了一口气：“你的意思是？”庆书又点了一根烟，慢慢吸了，说：“娘儿们的事，我不是很懂。大概就是那意思吧。”繁花又问：“你是说？”庆书说：“支书，我说的只是现象。本质呢，还得你亲自去找。其实，这些本该裴贞来说的。大老爷儿们一说，好像就有些低级趣味，而我们共产党人最反对的就是低级趣味。你说呢，裴贞？”裴贞好像没听见似的，拎着毛衣，对繁花说：“繁花，你看这袖口该不该多打一针？”

“你看着打吧。”繁花说。她都顾不上和裴贞客套了。什么本质不本质的，他们的话外之音就是“本质”。繁花想，他们无非是要告诉我，雪娥肚子大了。裴贞遮遮掩掩还可以理解，庆书你是干部，管的就是这个，吞吞吐吐的算怎么回事嘛。繁花就对庆书说："今天的会议你不是想知道吗？没错，是布置村级选举的会。可是管计划生育的张县长也发言了，还是长篇发言。你是管这一块的，我本想明天告诉你的，现在就给你说了吧。上面千条线，下面一根针，张县长可是强调了，基层工作要落到实处。计划外怀孕的要坚决拿掉。只要出现一个，原来的村委主任就不再列入选举名单了。出现两个，班子成员都得滚蛋，滚得远远的，谁也别想成为候选人。"庆书倒吸了一口气："我靠，来狠的了，刺刀见红了。"繁花说："还有更狠的呢，以后再说给你听。"庆书感叹了一声："官越大越好搞，刀往脖子上一放，鸭子都得上架。"繁花说："所以我要提醒你，我们的脖子上都架着刀子呢。我可不是吓唬你，我的担子重，你的担子也不轻。雪娥可是生过两胎了。"庆书说："我就猜到上头又要抓计划生育了。所以，一听说这事，就赶来向你汇报。"裴贞说："我可什么也没说。红梅月经不正常，沥沥拉拉的，问到我了，我这当姐的能不管吗？我笨嘴笨舌的，说了句雪娥月经也不正常，想沥拉还沥拉不成呢，庆书就留意了。我可把话撂到这儿了，我可什么也不知道。支书，你再看看，这袖口是收一针好呢，还是放一针好？"

明白了，繁花总算明白了。裴贞是等着看戏呢，都扎好架势了。嗑瓜子嗑出个臭虫——什么仁（人）都有啊。这个裴贞，心机很深哪。几个月前，裴贞也怀了孩子。她已经生了两个男孩了，一定要生个丫头。她那张嘴可真会说，说什么生了丫头，花色就齐了。还说不就是罚款吗？她娘家有的是钱。繁花就找到裴贞和尚义，又是讲国情又是讲国策，嘴皮都磨薄了。裴贞说，不就是人口多底子薄吗？懂，我懂。尽管放心，我们不会拖国家后腿的。小家伙们长大了，都要送去美国的。为国家多赚一点外汇，还违法了不成？不违法嘛。繁花就说，美国是那么好送的吗？送一个要花多少钱你知道吗？就凭尚义一个月挣的五六百块钱工资？那仨瓜两枣，还不够填美国人的牙缝呢。裴贞小腰一扭，扭进了里屋，把东西拨拉得哗啦啦响。那张嘴也不闲着，说："五六百块钱怎么了，那是干净钱，是一根根粉笔头换来的。这话比狗屁都臭，说的是有人贪污公款了。但贪污的是谁，人家又不说明。繁花说："我跟你说不通，我是来跟尚义老师商量的。"繁花对尚义说："你不是'五好'家庭吗，只要你把这孩子打掉，我就让你当计划生育模范。'五好'加'模范'，每年就得奖给你三千块钱。再加上你的工资，给儿子交学费够了吧？”裴贞又在里屋喊：“三千块钱就把女儿卖了？”繁花恼了，冲进里屋，朝着裴贞就是一通吼：“你怎么知道你怀的是女孩呢？你看见了？你撒泡尿照照自己，你是不是当丈母娘的命。我看你不是。你就死了这条心吧。”镇住了裴贞，繁花又来给尚义做工作。她向尚义透露，修高速公路的时候，国家占了村里一百多亩地，补偿金已经到账了。她已经想好了，那笔钱谁也不能动，谁的孩子考上了大学，村里就补贴谁一笔钱，以实际行动支持教育事业。繁花说：“你那大儿子不是中考第一吗？那是什么命？秃子头上的虱子——明摆着的，状元命嘛。一句话，你就仰着脸等着领钱吧。”眼看尚义有所触动，她就又对他说：“已经有红头文件了，超生一个，一把手就得下台。我要是下台了，那笔钱怎么花可就由不得我了，你不会盼我下台吧？”这样软磨硬泡的，裴贞终于把孩子打了。繁花当时还长出了一口气，以为事情就这么过去了，哪料到裴贞到现在还记着仇呢。这也好，繁花想，老话是怎么说的？不怕贼偷就怕贼惦记。现在全村女人的肚子，裴贞都替她惦记着呢。好啊，裴贞都有点像美国国会的议员了。美国议员免费监督中国各级政府，裴贞免费监督官庄妇女的小肚。好，很好，她倒可以少操一份心了。

繁花接过毛衣看了，说：“裴贞真是心灵手巧，哟，上面还绣花呢。什么花？牡丹还是桃花？”繁花本来想说，那是不是狗尾巴花，临到嘴边，还是改了。裴贞嘴一撇，说：“玫瑰，一朵白玫瑰，一朵红玫瑰。”繁花说：“怪不得认不出来。开眼了。毛衣上绣玫瑰，我可是第一次见。”裴贞说：“牡丹俗气，桃花更俗气，还是玫瑰洋气。”庆书说：“玫瑰者，爱情也，玫瑰代表爱情。”繁花没有理他，继续对裴贞说：“尚义娶了你真是有福了。”繁花说着，给他们各倒了一杯水。刚坐下，一拍巴掌又站了起来，连声说道忘了忘了。她拉开冰箱，取出来两只金黄的橙子。橙子也是妹夫送的，可繁花这会儿一高兴，就说是殿军千里之外捎回来的。“殿军？殿军回来了？”庆书问。繁花拐着弯把殿军夸了一通，说：“刚回来，挣了点钱，现在烧包得很。改天你拧着他，让他请大家喝酒。裴贞，尚义喝酒你不管吧？”在案板上切橙子的时候，繁花又说：“裴贞，你说庆书该不该掌嘴？你明明是他的大姨子，他不说叫你一声姐，还一口一个裴贞。”裴贞说：“人家是大干部，哪能看得起我们平民百姓。”庆书说：“这跟地位没关系。我比你大嘛。我站起来撒尿的时候，你还在你爸腿肚子里转筋呢。”繁花说：“我给你们出个主意，这个叫一声哥，那个叫一声姐，谁也不吃亏。”繁花把切好的橙子递给裴贞，说：“殿军说了，橘子吃了上火，橙子呢，又祛火又助消化。接着，全接着。”说过这话，繁花突然问庆书：“这两天你看见姚雪娥了吗？肚子是不是大了？平时你的工作扣得那么细，这件事怎么忽略了。”庆书说：“我就两只眼，也有看不到的地方嘛。再说了，我一个党员同志，哪能整天就盯着女人的肚脐眼。”繁花说：“死样子，我说的是肚子，可不是肚脐眼。”

名家点评

这是一部通过密集的细节挑战人们对乡土小说的阅读和认识的书。李洱自觉地质疑了现代文学以来的乡土叙事传统，掉转方向，使乡土由想象和言说的对象变为想象和言说的主体，恢复了乡土中国的喧哗、混杂，恢复了它难以界定的、包孕无穷可能性的真实境遇。

“石榴树上结樱桃”，是一句游戏性的民间谣谚，意思是模棱两可、啼笑皆非，是宏大规划和总体性蓝图在真实生活中结出的意外果实。小说以此为题，具有深刻的现实寓意，乡土中国在现代化转型中困难重重：在一场乡村基层选举中，来自远方的话语在乡土语境中遭到分化、瓦解。

《石榴树上结樱桃》在中国现代乡土叙事的整体脉络中，具有一种低调的原创价值，它幽暗的笑声祛除了“传奇”和“苦难”对中国乡土的简化和遮蔽，缓解了思想的傲慢和感受的僵硬。

有鉴于此，评委会决定授予《石榴树上结樱桃》首届华语图书传媒大奖文学类图书奖。

首届华语图书传媒大奖·文学类图书奖　授奖词

《石榴树上结樱桃》以独特的文本建构叙述当下中国生活，它在社会生活认知、小说体裁建构上的成绩理当赢得批评界瞩目。探究其“话语事件”（用于该作品，相当于叙述内容）的特性与小说文体（话语事件与隐喻性标题之间的特殊关系）的诗学内涵应是首要任务。这部小说既适宜一般的情节阅读，又构成对现成叙事方式的挑战，其叙事的缜密切实和隐喻性标题之间产生的巨大张力，创生出一个对位、辩证的意义空间。它在写实层面上的“话语事件”和伴随全部事件的“颠倒”民谣，最终被“隐喻标题”在充满张力的意义空间中重新激发，成为一个有认知模型意味的寓言结构和社会命题。

扬州大学文学院教授、博士生导师　徐德明

李洱创作谈：

2005 年春天开始写作《应物兄》的时候，我无论如何不可能意识到，竟然要写十三年之久。十三年中，我们置身其中的世界发生了太多的变化。我们与传统文化的关系、与各种知识的关系，都处在持续不断的变化之中。所有这些变化，都构成了新的现实，它既是对写作者的召唤，也是对写作者的挑战。一个植根于汉语文学伟大传统中的写作者，必须以自己的方式对此作出回应。对我个人来说，这个回应的结果，便是这本《应物兄》。

在这本书中，我写到了一些人和事。他们就生活在我们身边，与他们的相处常常让人百感交集。他们中的那些杰出人物，都以自身活动为中介，试图为我们的未来开辟新的道路。他们浓郁的家国情怀使他们的事迹有如一个寓言，有如史传中的一个章节。

长篇

应物兄（节选）

33. 虽然

虽然老太太拒绝别人前去探望，但在赴京的前一天，应物兄还是决定去看望一下。如果敬修已问起老太太的病呢，我要是一问三不知，岂不要受他的奚落？当然了，于情于理，我都得去一次。

老太太住院以来，一直是老太太的侄女在陪护，有时候文德斯来替换她一下。文德斯称她为梅姨。陪护病人不是件容易的事，文德斯说梅姨足足胖了一匿，这是因为梅姨非常焦虑，要靠吃东西来缓解焦虑。应物兄知道老太太和梅姨只愿意看到文德斯，就对梅姨说：“是文德斯约我一起去的。”梅姨在电话里说：“嗨，怎么不早说？”

他和文德斯约好，在逸夫楼前见面。

文德斯原来在上海读的本科。他的父亲二十多年前就去世了。他的哥哥文德能也因为白血病去世了。后来，他就选择回济州继续读书。如前所述，他是先做了芸娘的硕士，又做了老太太何为教授的博士。文德斯与文德能并不太像，个头比文德能低一点，也比文德能瘦。文德能眉眼之间有一种英气，文德斯却带着那么一点羞怯。相同的是，他们都很沉静。有一次，他在芸娘家遇到文德斯，看到文德斯安静地坐在窗前，捧读着一本书，他突然觉得，文德斯就像一株植物，像植物一样自足。他把这话对芸娘说了，芸娘说：“他？自足？他刚从桃都山回来，每周都去。干什么，你知道吗？倒是跟植物有关。他会为植物流泪。”

芸娘笑着讲了一个细节：在桃都山，有一种植物，人们认为已经消失了，但一个科研人员找到了它的种子，还很饱满。文德斯看到它，竟然流泪了。

是吗？那是一种什么植物呢？

应物兄以前看过文德斯的文章，有一篇刊登在《戏剧》

杂志上，那是对一个喜剧作品《模仿秀》的发言。喜剧的作者是谁呢？就是小尼采，现在的笔名带有他个人的历史气息：倪说。不知道小尼采是否知道，历史上确实有过一个名叫倪说的人。此人是战国时期宋国人，以善辩著称，那个“白马非马”的问题，据说就是这个叫倪说的人首先提出来的。

小尼采不仅写了那部戏，而且出演了串场人的角色。它将最近三十年的著名小品组装到一起，放在一个家庭内部展开。芸娘出于对小尼采的关心，本来要去看的，但因为身体不适，让文德斯替她去看了。那篇文章就是他在芸娘的要求下写出的观后感。文德斯认为，如果说艺术是对现实世界的“摹仿”，现实世界是对理式世界的“摹仿”，那么艺术就是对“摹仿”的“摹仿”；“摹仿秀”则是对“摹仿”的“摹仿”的“摹仿”。这不是喜剧传统中的喜剧，而是闹剧：夸张、笑闹、东拉西扯、插科打诨、卡通化，乱哄哄你没唱完我登场；也犀利也伶俐，也招安也叛逆，也搞笑也哭泣，也无聊也有趣。

自古希腊以来，人们即重悲剧而轻喜剧。苏格拉底就认为喜剧有害，只适合奴隶与外邦人看个热闹，而悲剧则有

“净化”作用。悲剧使人对命运的无常、不可避免的冲突、自我的限制有所感知，将生命表象下的重带入人的内在反思；喜剧却抽离了反思的基础，带有极大的不稳定性。而闹剧，既无关反思，也无关破坏，它取消意义。它是铅笔描在橡皮上的卡通画，橡皮还没有用完，它就已经消失。

亚里士多德在《诗学》中说，喜剧源于可见的丑陋和缺陷，它如同滑稽面具，它不能引起痛苦和伤害。看见丑陋的东西，我们会觉得伤心，但它不会引起同情，因为同情是笑的敌人。我们必须放弃同情，才会觉得开心。倪说先生所追求的剧场效果，就是开心，开心，开心。他提到了剧中一个情节：一个超生游击队队员被小脚侦缉队抓获了。这个队员给出的超生理由是，他的“老二”不听招呼，所以就让老婆怀孕了。小脚侦缉队立即将他的衣服扒光了，要对他的“老二”进行现场教育。文德斯说，当一个男人露出下体，这无疑是丑陋的，但他没有引起同情，倪说先生也没有要引起观众的同情的意思。有趣的是，现场观众此时也并没有表现出开心的意思。他们闭上了眼睛。这是亚里士多德喜剧观的倒置。观众的无视，使得演员只是在演他们的戏。我们身在剧场，其实并没有参与：你闹你的，我聊我的。当一个人或几个人，此时站在台上对观众说话，但观众并不理会的时候，喜剧消失了，闹剧出现了，但它与观众无关，与我们无关。

据说，小尼采给芸娘打了一个电话，说她弟子的文章，让他羞惭不已。

“这么说，你以后要一改戏路了？”芸娘说。

“那倒不一定，还是有人喜欢的。我还得演。我能和文德斯谈谈吗？”

“那你们要谈什么呢？你写你的，我演我的？”

有一天，应物兄与芸娘聊到了《红楼梦》，芸娘关心的问题是，《红楼梦》为什么写不完。她说，《红楼梦》写不完是曹雪芹不知道贾宝玉长大之后做什么。卡夫卡的《城堡》也没有写完，因为卡夫卡不知道土地测量员 K 进了城堡之后会怎么样。就在这时候，文德斯打来了一个电话，说他今天不来了。芸娘知道，他不来的理由是那天坐在客厅里的人当中，有一个人他不喜欢。放下电话，芸娘就悄声对应物兄说：“这个文儿！我们刚才说什么来着，说宝玉这个人有些不近人情。宝玉这个人，置诸千万人中，其聪俊灵秀之气，则在千万人之上；其乖僻邪谬不近人情之态，又在千万人之下。用大白话说，就是确实够聪明，但不近人情。文儿就有点这个劲。”

不过，仅就这件事而言，当芸娘把小尼采的话转告给文德斯，并且告诉他，她已经替他婉言谢绝了的时候，文德斯倒来了一句：“我倒是可以见见他。”

“见他聊什么呢？”

“就聊他为什么这么无聊。”

这天，应物兄下楼的时候，文德斯已经坐在逸夫楼前的石阶上等着他了。文德斯一手托着下巴，膝上放着一个已经破损的硬皮笔记本。“这本子有年头了。”他对文德斯说。文德斯说，这是哥哥的笔记本。文德斯接下来的一句话，使他有些伤感：“我们那幢楼要拆了，我在整理哥哥的遗物，发现了他的很多笔记。我想帮他整理一下，但他的笔记太乱了。不过，我发现他很早就读过理查德·罗蒂的书。他可能是最早阅读罗蒂的中国人。”

一道闪电划开了他的记忆，把他带入了深邃的时空。文德能当年从竹编的小书架上抽出的那本书，就是理查德·罗蒂的 *Contigency, Irony and Solidarity*，它后来被翻译为《偶然，反讽与团结》。文德斯说：“哥哥走得太早了，没看到罗蒂的另一本书《托洛茨基与野兰花》。看到了，可能会更喜欢的。”

没错，应物兄曾把文德斯比喻为植物，但那是什么植物，他却没有细想过。现在，他突然觉得，文德斯就像那个书名所示，是一株野兰花。他记得，罗蒂曾说过，野兰花是植物演化过程中晚近出现的最复杂的植物，高贵、纯洁、朴素。它性喜洁净，但难以亲近。文德斯本人其实也有难以亲近的一面。不过，文德斯与他还是比较亲近的，这可能是因为他曾是文德能的朋友，也是芸娘的朋友。

文德斯首先劝他不要去医院：“别去了。老太太时而清醒，时而糊涂。她记得所有事情，但却经常认错人。去了，她也不认识你。”

“你是说，她的病情加重了？”

“那倒没有。前天我还去了。她说了很多话，拦都拦不住。还要坐起来写字，写得像蚯蚓，纷纷爬出了格子，而且全都向右上角倾斜。我说，您今天精神很好啊。她说，你是不是担心这是回光返照？我是不会死的，因为理念是不会死的。你看她的脑子多么清楚。可她接下来又问我，见到文儿了吗？梅姨说，这不是文儿吗？她说，文儿不去写文章，来这里干什么？”

“可我还是想看看她。”

“她谁也不愿见。葛道宏派费鸣去，她都没见。她还记得，她以前的一只黑猫被葛道宏给毒死了。我说，那不是葛道宏毒死的。她说，灭鼠运动，难道不是葛道宏掀起的吗？说是灭鼠，为什么连猫一起毒死呢？你可以反对‘二元论’，但你不能把二元全都消灭吧？你看看。”

“所以，你得带我去，免得她把我轰出来。”

“总得有个理由。”

“就说是乔木先生要我来的。”

“她会说，这是借口，不是理由。而且，乔木先生已经来过了。她可不愿意让乔木先生看见她的病容。”

“我听过她的课，她还是长辈，不该来看她吗？这还不是理由？”

“她说的理由，是指意义、必要性。”

有句话他差点说出来：这当然是必要的，如果我不来，敬修己会小瞧我的，以后或许会给我使绊子。

“照你这么说，我看不成老太太了？”

“想起来了，你就代表应物兄。她可能不认得你了，但她知道应物兄。前段时候，她还和我谈到了应物兄。”

“她肯定是批评我喽。”

“那倒没有。她只是说，应物兄的书卖得这么好，可见价值不高。你知道的，她认为有价值的书，印数不会超过五百册。”

“柏拉图呢？柏拉图的书每年都能卖几万册呢。”

“她说，柏拉图还活着的时候，知道其人其事者，不会超过九十九个人。”

“老太太知道得这么准确？”

“那倒不是。她说，到了柏拉图的晚年，名气大了，很多人认为自己就是那第一百个人。”

“罗蒂的书，不是卖得很好吗？”

“所以她认为罗蒂是通俗哲学家。我也这么看。不过，我喜欢他的书。”

他以为文德斯接下来会说，“我也喜欢你的书”，但文德斯没有这么说。他失望吗？不，他不失望。如果文德斯真的这么说了，他反而会不适应的。

在去医院的路上，他和文德斯谈的话题就是罗蒂。他告诉文德斯，自己见过罗蒂，听过罗蒂的讲座，曾和罗蒂一起吃过自助餐。“他天庭饱满，地阁方圆，就像个螳螂。喜欢吃带刺的嫩黄瓜，穿红衬衫。”他说。

“他是在暗示自己的左派身份。”文德斯说，“其实，他是左派还是右派，我才不关心呢。我只是对他的哲学感兴趣，对他的修辞感兴趣。不过，你一提到天庭饱满、地阁方圆，我就觉得你说的不是罗蒂，而是一个中国老头。他本人不会喜欢你的这个修辞。”

“那可不一定。他喜欢中国文化。他曾认为，五十年以后世界上只剩下一种语言了，那就是英语。但他随后就修正了自己的观点。他认为，还有一种语言可以留下来，那就是汉语。我想，如果他的生命足够漫长，他后来很可能成为孔子的信徒。”

“不，他从不谈论孔子。”

“听我说，德斯。你肯定知道，罗蒂死于胰腺癌。那种病发展迅速。男人患癌的死亡率之所以高于女性，就是因为女性不得胰腺癌，而乳腺癌是最温柔的癌症。患癌之后，有一天罗蒂与儿子、牧师一起喝咖啡。牧师问他，你对死亡是怎么看的？你的思想是否开始转向宗教性的主题？罗蒂说，不。他的儿子问他，哲学呢？罗蒂说，无论是他读过的哲学，还是自己写过的哲学，似乎都与他患病后的情况对不上号。他的感受是什么呢？他的感受与孔子相通：未知生，焉知死。你可以研究一下罗蒂晚年的谈话，看看他晚年的思想与孔子有什么异同。”

“他们过的是两种完全不同的生活。我看不出他们有什么关系。”

“罗蒂喜欢兰花，孔子也喜欢兰花。最早将兰花人格化的就是孔子。有一次，孔子自卫国返回鲁国，在山谷中看见兰花，喟然叹曰：‘兰当为王者香。’从此‘王者香’就成了兰花的代名词。孔子还用兰花的清香来比喻友情，所谓二人同心，其利断金，同心之言，其臭如兰。‘金兰’一词，即出于此。他对兰花的认识，要远远超过罗蒂。”

他又提到了罗蒂的死。他说，当他得知罗蒂死去的消息，罗蒂已经死去两年多了。死前，儿子问他，你读过的那些哲学，难道一点都与自己眼下的境况无关？如果与哲学无关，那么与什么有关呢？罗蒂说了一个字：诗。为此，罗蒂专门写了一首诗。

文德斯说：“我知道这首诗。总觉得别人译的不是我想看到的，自己又译了一遍。”然后，文德斯就轻声背诵了那首诗：

我们以简洁的祷告，

向某一位神祇致谢。

他让死者不能复生，

他让生命不能重来。

他让最孱弱的细流，

历经曲折终归大海。

他对文德斯说：“我也看过别人译的这首诗，但没有你译的好。”他知道他说的是真诚的，所以他才敢这么说。在文德斯面前，你只能这样。事实上，当他听到最后两句时，他仿佛感受到了细流入海时的那种羞怯和惊喜。

文德斯说：“是芸娘帮我改过的。虽然芸娘只改了一个字，将‘致敬’改成‘致谢’，但给它赋予了韵律。境界也变了。她认为，‘致敬’的原始语义，说的是极尽诚敬之心，极其恭敬，似乎包含着期盼，要求某种补偿。而‘致谢’说的是过程已经终结，生命不能重来。”

他对文德斯说：“罗蒂此时的心声，难道不是‘子在川上曰，逝者如斯夫’的回声？我给你出个题目：《孔子、罗蒂与野兰花》。”

“老太太不喜欢孔子，她要知道我去研究孔子，还不活活气死？”

“是老太太让你研究罗蒂的吗？”

“那倒不是。我刚才说到了哥哥。其实我最早对罗蒂感兴趣，是因为芸娘。你知道的，芸娘喜欢看鸟。有一天芸娘说，因为有个叫罗蒂的人也喜欢看鸟，别人就以为她是在模仿罗蒂，认为她的写作也在模仿罗蒂。她说，罗蒂喜欢看的是鹰隼，为此曾跑到大峡谷看鹰隼，而她喜欢看的是乌鸦和喜鹊。她问我有没有看过罗蒂。她说，她其实只是从罗蒂那里借用了一个词，Final vocabulary，终极语汇。她说这个词很有意思。听她这么一说，我就找来罗蒂的书看了。我没想到，老太太也知道这个人。老太太说，罗蒂十五岁就通读了柏拉图，他的愿望就是成为一个柏拉图主义者。”

“终极语汇？什么意思？”

“罗蒂认为，每个人都带着一套终极语汇。我们每个人都会用一些语词来赞美朋友，谴责敌人，陈述规划，表达最深层的自我怀疑，并说出最高的期望。我们也用这些语词瞻前顾后地讲述人生。罗蒂认为，这些语词就是一个人的 Final vocabulary。比如，按照我的理解，孔子的终极语汇就是仁义礼智信。”

“那么，在你看来，我的终极语汇是什么呢？”

“你嘛，你的名字就是你的终极语汇之一，应物而无累于物。”文德斯突然调皮起来。任何一个男孩子都有调皮的一面。

“我倒想‘无累于物’。但是我做不到啊。很多事情，我确实放不下。”

“但你的老朋友就做得很好。”

“哪个老朋友？说出来，我好向他学习。”

他没有想到，文德斯所说的那个人竟然是敬修己。文德斯说：“敬修己先生啊。他对我说，他现在孤身一人，毫无牵挂。看上去什么都操心，其实是外儒内道，什么都放得下。”

他不由得问道：“你遇到敬修己了？你去美国了？”

“没有，没有。我接到过他的电话。这些天，他常打电话来。他说，他只有一件事放不下，就是老太太的病。”

“这倒是很难得。”

“敬修己先生昨天还告诉我，今天要下雨。他问，下雨会不会影响老太太的心情。我问，怎么会想到这个呢？他说，因为柏拉图说过，淋过雨的空气，看着就伤心。他记错了，也忘记后面还有一句。柏拉图说的是，当一阵雨落下时，有些人冷，有些人不冷，因此对于这场雨，我们不能说它本身是冷的或不冷的。不过，今天要下雨，倒是让敬先生给说着了。”车外果然在下雨。你听不到它的声音，但你能看见它，因为它将车窗弄得很脏。那无声的雨丝，正携带着尘埃洒向人间。

敬修己时常收看济州的天气预报？

也正是因为刚下过一场雨，所以每个人的脚底都不干净，住院部电梯门口的大理石地面很快被弄成了大花脸。电梯口的人越聚越多，有医生、护士、患者亲属，还有一位刚锯掉了半条腿的姑娘。那姑娘脸色惨白，如同一张 B5 打印纸。她平躺着，仅存的那只玉足伸在白色被单之外，趾甲上还涂着鲜艳的蔻丹。她好像正从麻醉中醒来，眉头紧蹙，鼻翼翕动。

他和文德斯也挤在人群中。

接下来，他听到了一段对话。这段对话要是放在别处，或许称得上平淡无奇，但在这个场合却显得格外突兀。一个人说：“您改变了人们的阅读习惯，功莫大焉。”这个人的声音显然经过了认真修饰，很低沉，低沉中又有一种柔美。一个哑嗓子的人回应道：“过誉了，愧不敢当啊。”柔美嗓音又说：“阅读习惯的改变，有可能改变我们时代的审美趣味，我们的语言，我们的思想倾向。”哑嗓子说：“我有这么厉害？不就是出了几本书嘛。还不是我自己的，是别人的书。”柔美嗓音说：“因为你扭转了当代的出版倾向。改变了语言，就是改变了世界。今天我无论如何要敬您两杯，以表敬意。”哑嗓子说：“真他妈不巧，中午我有一个饭局，一喝就不知道喝到什么时候了。”柔美嗓音立即接了一句：“这样行不行？午后两点钟，我去接您，接您到一个地方醒醒酒。”

这实在不是一个讨论语言、审美趣味和思想倾向的地方。他的目光躲向了别处。隔着一扇玻璃门，他看见一条坡度很陡的水泥路，通向一幢灰色大楼的地下室，那其实是医院的停尸房。他脑子里顿时闪过一个不祥的念头：老太太病势沉重，指不定哪天就被送到了那个地方，放进了冰柜，眉毛上挂着白霜。他咳嗽了一声，似乎要把这个念头咳出去。但紧接着，另一个念头赶了过来：到了那个时候，郑象愚还在济州吗？如果不在，他会回来奔丧吗？

此时，正有两只野猫弓着腰从水泥路上蹒跚而上，一只是黑猫，一只是白猫。走到雨中的时候，它们掉了个头，又拐了回去，再次向地下室走去。在冰冷的停尸房和蒙蒙春雨之间，它们选择了停尸房。哦不，它们很快又走进了雨中，并且开始了互相追逐。原来它们选择的是情欲。柔美嗓音的人还在谈醒酒问题。只要对济州人的语言切口稍有了解，你就会知道他们所说的醒酒其实跟酒没什么关系。醉翁之意不在酒，而在山水之间也。山水在哪？在洗浴中心。所谓的醒酒，其实是到洗浴中心鬼混：浴盐、精油、蜂蜜、桑拿、按摩、推油。这两个家伙是谁呢？他们就站在他和文德斯前面，当中隔着一位少妇，还有少妇的保姆。应物兄看不到他们的脸，但能看到他们的肩膀和脑袋。那个有着柔美嗓音的人是个瘦子，形销骨立，脖子很长；而那个声音沙哑的人却是个胖子，好像没有脖子，后颈肉浪滚滚。屠夫把那个地方的肉称作槽头肉，不法商贩拿它剁馅做包子。

应物兄当然认出了他们，却不愿立即和他们打招呼。他想等一等，看看他们如何出丑。最先对他们的谈话表示异议的——当然也可能是赞同，就看你怎么理解了——是少妇怀里的那只狗。少妇怀里有两样东西：一样是狗，吉娃娃狗；一样是玫瑰，白玫瑰。小保姆怀里也有一枝玫瑰，那枝玫瑰是别在一个剑鞘上面的。他发现，除了医生、护士，几乎所有人都捧着鲜花，鲜花中自然少不了玫瑰。玫瑰泛滥成灾了，就跟狗尾巴花差不多了。现在，与那些狗尾巴花相映成趣的，就是那只吉娃娃狗了。但它却不像狗，倒像是一只刚拱出蛋壳的小恐龙，一种在斯皮尔伯格电影中出现过的翼龙，只是没长翅膀而已。它是一条公狗，玫瑰花香也未能抵消它的臊气。瞧它的模样，穿着红色的皮背心，皮背心上镶着阿里巴巴的图案。它的项圈是犀牛皮做的。还是那句话，它简直不像一条狗，更像一位正要奔赴盛宴的公子哥。它的叫声，或者说，它的意见是这样的：

叽叽叽　啾啾啾　咻咻咻

像鸡，像鸟，像蛐蛐，像斯皮尔伯格电影中的小恐龙，唯独不像狗。和它相比，木瓜就太像狗了。但它也确实是条狗，也是从狼变来的。文德斯后来告诉他，这一家三口差不多每天都来。少妇的丈夫，是一位离休的将军，如今瘫痪在床，每天都要看到那两样东西：剑和吉娃娃狗。

吉娃娃狗叫了一通之后，好像觉得还没有把意见表达清楚，就伸出两只前爪，朝那两个人的脑袋拍了过去。它还要伸出舌尖舔他们呢。它的舌尖，形如鸟舌，形如初春的嫩芽，又带着丰富的汁液。那两个人赶快把头扭到了一边。当然，对那个胖子来说，扭头是比较困难的，必须同时把身子也扭了过来。

果然是季宗慈，而那个瘦子则是济州大学的美学史教授丁宁。

“你怎么来了？”丁宁把狗爪拨到一边，歪着脑袋问。

“这医院又不是你办的，我怎么就不能来？”他笑着回答。

“我可逮住你了。”季宗慈说。

“我们一会再说。你们先聊？”他对季宗慈说。

“德斯兄，我也正想找你呢。”季宗慈说。

“您是？”

“我？我是应物兄的出版人啊。我在芸娘家里见过你。”

季宗慈一直约他见面，想和他谈下一本书的合作：约他写一本自传。“最好写成心灵鸡汤式的。”季宗慈说，“我们要趁热打铁。”他不愿写。没有时间只是他的托词，最主要的是他觉得没有资格去写什么自传。

他没想到在这里遇上了季宗慈，更没有想到在这里遇见丁宁。他跟姓丁的闹过一点不愉快。那是在芸娘家里。芸娘的丈夫是做书画生意的，家里的每面墙上都挂着他购买的或者艺术家朋友送他的字画。其中有一幅画，画的是钟馗。画面上的钟馗豹头环眼、铁面虬髯，手中舞着一把剑，正要去捉鬼。丁宁是芸娘丈夫的朋友，说他正在写一本书叫《儒美学》，想用这幅画作为插图。他让芸娘丈夫转告画家，只要他用了那幅画，作者就算进入中国美学史了。那天，他们是为了祝贺芸娘的乔迁之喜而聚到一起的。当时，他们正品尝芸娘丈夫从国外带回来的红酒。芸娘丈夫说，那瓶红酒价值十万元，是 1982 年生产的。两百年来，酒庄所属的葡萄园永远是二十八亩，每年只生产两千瓶红酒。

因为气氛轻松，所以交谈起来也就没什么顾忌。当时听丁宁这么一说，他就开玩笑说，儒家是不谈鬼的，子不语怪力乱神嘛，而且钟馗与儒学一点关系都没有。他还开玩笑说，孔子地下有灵，听你这么说，说不定就会气得从墓堆里爬出来找你算账。他当然知道丁宁的意思，无非是想让作者送他一幅画。他看不惯这种爱占便宜的家伙。

“怎么没有关系？钟馗的妹夫就是儒生。作为儒学家，连这个都不知道？”

“钟馗是个虚构人物，一个虚构人物，却有真实的妹妹、妹夫？”

“钟馗，姓钟名馗字正南，终南山下周至县人。你怎么能说他是虚构人物？他也是爹妈生的。《全唐诗》里写到过的，他给唐明皇治过病。你是不是想说，唐明皇也是虚构的？”

知识分子的一个臭毛病就是爱逞口舌之快，他对此虽然时时警醒，但还是未能免俗。他指着那幅画说道：“钟馗也真是的，放着身边的鬼不捉，每天忙着去别处捉鬼。”这句话惹恼了丁宁。丁宁把茶杯一放，问：“谁是鬼？你还是我？”

芸娘出声了：“应物！”

他就让了一步，说：“好好好，我是鬼。”

但丁宁还是不依不饶：“你？你连鬼都不是。鬼者，归也。等你归去的时候，你才能变成鬼。”

他不想扰乱芸娘的乔迁之喜，没有接话。但他心中的不屑油然而生。眼下，在医院里，丁宁再次让他不屑。丁宁为什么要恭维季宗慈，并且还要请季宗慈到洗浴中心醒酒呢？不用说，他肯定又在炮制新的美学史。我完全可以想象，他的写字台上同时摊着一本又一本的美学史，中国的、德国的、意大利的、日本的，老版本的、最老版本的，新版本的、最新版本的，还有一本是他自己的。他分别用镇纸压着，然后就开始拼凑、炮制最新的美学史了。他每年都要出本书，每本书都在四百页左右，厚如秦砖，卖废品的时候很压秤的。他还用英语把美学史的梗概登上自己的博客。他那拙劣的软件英语，将美学史讲得丑陋无比。

毫无疑问，丁宁是想让季宗慈替他出书。看得出来他跟季宗慈也是偶然相遇。他来医院干什么？他结婚多年，仍然没有孩子，想孩子都想疯了。正如他在书中写到的，人是精英，睾丸里却没有精子，如之奈何？

此时丁宁说："我要看的是何为先生，你呢？"

他说："我也是。"

丁宁说："我的新著寄给了何为先生。据说，先生很喜欢。"

是吗？他看了看文德斯，文德斯没有说话。他又听见丁宁对季宗慈说："我在注释中引用了老太太的观点。你只有成为别人的注释，才会不朽。”

文德斯终于开口说话了：“以后，我或许应该为你作个注释。”

丁宁问文德斯：“你是——你也是写文章的？我以为你还是个孩子呢。”

文德斯说：“谁不是孩子呢？我看，你也是孩子。”

他看到文德斯在朝他使眼色，要他先退出来。看到他们退出来，季宗慈也退到了一边。而丁宁却被人群裹进了电梯。后来，他们又来到住院部大楼外。他和季宗慈在指定的地方抽烟。季宗慈问：“听说，你近日要去北京见程先生？我派车送你去怎么样？我带个速记。”

“我都不知道能不能见到程先生。”

“程先生的简体字版权，我想一锅端了。你跟程先生说一下，我不会亏他的。”

“好啊，我们找机会好好谈谈。”他对季宗慈说。

“你的自传呢？要不，我把你、程先生、孔子的传记，一起出了？”

“这个玩笑，千万开不得。”

又过了一会，丁宁从楼里走了出来。“老太太在睡觉。

医生不让进去。连花都没送出去。”丁宁说，“季总，你要探望谁？我陪你一起上去？”

季宗慈说：“我要见的人，就是应物兄。”

其实季宗慈要见的，是济大出版社社长的老婆。社长的老婆跳广场舞，竟然把腰给扭折了。看到季宗慈手里捧着玫瑰，他就跟季宗慈说：“你也不怕社长大人吃醋。”季宗慈说：“吃醋？你就是给他一瓶醋精，他也吃不出来酸。待会，我就在这等你，不见不散。”

后来，他们终于见到了老太太。老太太深深地陷在床铺里，看上去好像没有人的样子。开门进门所形成的风，将白色的被单吹到了她的脸上。这给人的感觉相当不妙：好像她已经进入了永恒的世界，被白布蒙了脸。梅姨不在房间。文德斯泪水突然夺眶而出。只见他立即趋步上前，把被单掀开了。被单被她脸上的皱纹稍微阻拦了一下。她的嘴张着，有黏液扯在那里，有如蚕丝。

文德斯轻声喊道：“奶奶。”

她一定听到文德斯的声音了，脸上的皱纹动了一下，那是一些紊乱的线条。文德斯像个孩子似的笑了，去摸她的手。她的手很小，在文德斯的手中显得更小。她还在睡觉，但脸上慢慢绽开了孩子般的微笑。一个古希腊哲学的女儿。老太太脾气不好，哲学系的老师差不多都被她训过。此时，她却像个婴儿，不哭不闹，乖得很。窗台上放着一排用完了的葡萄糖瓶子，每个里面都插着一枝干花，乍看上去，如同一排拆除了引信的微型炸弹。雨停了，此时刚好有阳光临到房间，尘埃在阳光中缓缓飞舞，舞姿静谧。

“文儿。”老太太睁开了眼睛。

她竟然也认出了他。这一点，连文德斯也感到惊讶。她竟然还能开玩笑：“文儿胆大，把孔圣人的徒弟拽来了？”她叫他应物兄，“应物兄，谢谢你来看我。你这个‘兄’字，占了我老太太的便宜了。”

“您还是叫我小应。”

老太太示意他靠近一点：“出院了，我们合开个会。不搞耶儒对话。耶稣与孔子又不是同代人，差着辈分呢。要搞就搞孔孟与苏柏[①]的对话。好不好？”

“我听您的，先生。”他说。

“让他们掰掰手腕子。”老太太说。

文德斯抚摩着老太太的手。老太太说：“我做了个梦，梦见文儿的书出版了。”

泪水再次在文德斯的眼眶里打转。那晶莹的泪水啊。如果他爱，那是真爱。如果他流泪，那是泪水要情不自禁地涌出，就像春风化雨，种子发芽。老太太说："是我反对你的书出版的。我对编辑说了，我死后，再给文儿出。我不同意出版。"

"奶奶，其实我也不同意。"文德斯说。

"你的'不同意'，跟我的'不同意'，不是一个'不同意'。"老太太说。

"都是'不同意'嘛。"文德斯像孩子耍赖。

"你不同意，是你觉得没写好。你要是写好了，我更不同意。"

"等您病好了，再让您批改。我全听您的。"文德斯说。

"你说，柏拉图反对恶。错了。柏拉图反对的不是恶，是反对把恶当成善。柏拉图说，人总是追求善，选择善。一个人，如果选择了恶，那是他把恶当成了善。他缺乏善的知识。缺乏善的知识，就会在善的名义下追求恶，选择恶。"

"奶奶，我懂了，我正在修改呢。"文德斯说。

老太太说："应物兄，我翻了你的书，看你提到了王阳明的善恶观。王阳明是反对程朱理学的。他开坛授徒，讲的什么？要我看，他讲的就是柏拉图。”

王阳明不会知道柏拉图，就像耶稣不会知道孔子。这是两股道上跑的车。但是，人类的知识，在某一个关键的驿站总会相逢，就像一切诚念终将相遇。他揣摩着老太太的话，想着柏拉图与王阳明思想的相通之处。他的思考未能深入，因为梅姨回来了。梅姨拎着的两桶矿泉水还没有放下，老太太立即让梅姨替她找东西。梅姨从老太太枕头下面取出一张纸，方格稿纸，抬头印着“国际中国哲学学会”的字样。上面有四行字。果然如文德斯所说，每个字、每行字都向右上角倾斜，都爬出了格子，但字迹还勉强看得清：

> 无善无恶心之体，
> 有善有恶意之动。
> 知善知恶是良知，
> 为善去恶是格物[②]。

老太太让梅姨交给文德斯：“应物兄对王阳明有研究，让应物兄给你讲讲。”

文德斯说：“您多休息。放心，我会向他求教的。”

他说："先生放心！我要是讲错了，您可以打我，骂我。"

老太太说："如果你讲错了，你就是把恶当成了善。"

他赶紧说："我一定好好想想什么是恶，什么是善。"

老太太说："你在书里说，什么是伪善，伪善就是恶向善致敬。这不对，伪善就是恶。照你的说法，有伪善，就有伪恶。伪恶，就是善向恶致敬？"老太太浑浊的目光突然变得凌厉起来，有如排空的浊浪瞬间被冻结了，又碎了，变成了刀子。老太太说："同时，还须有历史的眼光。过去的善，可以变成今天的恶。"说着，一口气憋在了胸口，没能喘过来。梅姨赶紧按响了床头的急救铃。

医生来了，比医生先到一步的是护士。不过，护士进来的时候，老太太已经恢复了正常。护士拍了拍半跪在床前的文德斯的肩膀。

文德斯对老太太说："奶奶，我明天再来。"

老太太就像孩子似的，学了一声猫叫，说："给我看好柏拉图。"

她说的并不是哲学家柏拉图，而是她的猫。那是一只黑猫。她喜欢养猫，但只养黑猫。她养过的所有的黑猫都叫柏拉图。

文德斯说："我会的。"

老太太说："下次抱它过来。不要让他们看见。"她说的是医生和护士。

医生和护士都笑了。老太太突然又说道："应物兄，你过来。你说，孔子是最伟大的老师。我不同意。作为老师，苏格拉底更伟大，因为苏格拉底培养出了柏拉图，而柏拉图与苏格拉底一样伟大。孔子的门徒，没有一个可以与孔子相比。只有学生超过了老师，那个老师才是伟大的老师。"

他不能同意她的观点。孟子呢？孔子的传人孟子，不也是伟大的人物吗？当然，这句话他没有说。护士在暗示他们应该离开了。老太太又说："应物兄，回去问乔木先生好。乔木先生总是笑我，一辈子抱着柏拉图的大腿不放。这没什么好笑的。弱水三千，我只取一瓢饮。"接下来，老太太突然说了一句莫名其妙的话，"见到亚当，也替我问个好。他知道，我有事拜托他。"

他当然明白，她说的亚当就是经济学家张子房先生，张先生曾经重译了亚当·斯密的《国富论》，其译后记《再论"看不见的手"》，曾经风靡经济学界。如前所述，老太太与张子房先生、乔木先生以及姚鼐先生，是济大最早的四位博士生导师。他们三男一女，有人私下称他们为“四人帮”。这四个人当中，老太太与张子房先生关系最好。张子房先生没有疯掉之前，一直称老太太为小姐姐。

“好的，奶奶你放心吧。”

别说见不到张子房先生了，就是见到他，我们也不敢让他来看你。他曾看见子房先生在垃圾堆里翻捡东西，很认真，就像寻宝。也曾看见子房先生穿着西装，打着领结在街上散步。时而疯癫，时而正常，这就是子房先生留给人的印象。生病之后的子房先生，容貌也起了变化，那变化主要表现在嘴唇上，原来的薄嘴唇竟然变厚了，说话也不利索了，就像嘴唇上打了麻药。老太太看到张子房先生这个样子，能认出来吗？认不出来还好，要是认出来，那岂不更为痛心？

他突然想起，多年前老太太在课堂上讲过一个真实故事，也是关于善的。那个故事的主人公，其实就是张子房先生的母亲。当年，上面传达一个“反革命”分子叛逃的消息，张母竟然说，他火急火燎地跑了，不知道带干粮了没有。心肠有多好啊，怕人家饿着，成为一个饿死鬼。话音没落，张母就被扭到了台上，又被一脚踢了下去。这个故事的结尾，老太太当时没有讲，因为它有点过于悲惨了：因为断掉的肋骨刺入了肝脏，张母当天就去世了。

现在，听老太太说有事拜托张子房，文德斯也不由得感到奇怪，问："奶奶，你有什么话要我转告他？"

老太太说："他知道的。"

文德斯问了一句："万一他忘了呢？奶奶提醒我一句。"

老太太说："柏拉图是他送我的。我死了，柏拉图还给他。"

文德斯说："奶奶，您这话我可不爱听。"

老太太说："还有一件事，他不会忘的。"

谁能想到呢，老太太所说的那件事，竟然是让张子房给她致悼词。后来，当他知道了老太太这个遗言，他觉得老太太的思维确实有点与众不同：让一个疯子给她致悼词？

应物兄记得，从病房出来，他们又陪着医生说了一会话。医生说："你放心。上头发了话的，医生必须是最好的，药也必须是最好的。"医生的话虽然首先是夸自己，但听着让人放心。梅姨这时候从病房出来了。文德斯以为梅姨找的是自己，忙问："奶奶还有什么话要交代？"

梅姨说："不是说给你的，是说给应老师的。姑姑说，告诉愚儿，别回来看我，我死不了。"

他说："我记住了。"

梅姨又说："她还让你替她谢谢程先生，谢谢他收留了愚儿。程先生是谁？"

文德斯显然觉得，老太太的脑子过于清晰了。他一定联想到了"回光返照"这个词，就向梅姨提出今天陪她在这里值班。梅姨笑了："她也不让你来了。她说，看到你再来浪费时间，她要打你屁股。"

下了楼，他们又看见季宗慈。季宗慈捧着一大捧花。原来，季宗慈还要去看刚入院的省新闻出版局局长。见到他们，季宗慈分出一束花，硬塞给了文德斯："老太太怎么样了？暂时不要紧吧？"

文德斯说："什么叫暂时不要紧？老太太好得很！"

季宗慈说："小师弟，你别多想。我也想去看看老太太的，是老太太不让看。老太太到死都是个认真的人。她也太认真了，年轻时就是这样。跟你们说吧，我最佩服的人就是老太太。老太太终身未嫁，宁愿把贞操带进火化炉，也不留给咱们这些臭男人。就凭这一点，我就崇拜她。"

他以为文德斯会发火，但文德斯只是把那束花放到了地上。他从文德斯的目光中看到的不是愤怒，而是怜悯。他没有想到，文德斯接下来的一句话，带着自言自语的性质：“看到老太太，我似乎看到了自己的老年。你说，到了老年，我会像老太太这样认真吗？”

说完这话，文德斯就走了。

他在后面叫他，他也不停。

他赶紧追了过去。那一刻，想到自己之所以浪得虚名，跟季宗慈脱不开关系，应物兄就觉得不好意思。文德斯会不会因此看轻了我？他想。所以在回去的路上，他和文德斯很长时间没有说话。文德斯坐在副驾驶位置上，一直看着后视镜：它确认着他们离医院越来越远，离老太太越来越远。而在应物兄心里，他知道这是自己最后一次见老太太了。伤感和惜别不断从他的心底溢出。后来，他看到文德斯掏出一本书，从后面翻起，在空白处写着什么。他以为文德斯是要记下老太太的话，就问：“你是在整理老太太的话吗？”

文德斯说：“这就是我刚出版的小册子。”

它确实很薄，书名叫《辩证》。刚才，文德斯原打算把书送给老太太的，但因为老太太说了一句“等我死后再出版”，他就没有把它拿出来，因为他担心提前出版会惹老太太不高兴。“奶奶记错了。我书里提到的并不是什么善恶。

我谈的是自由。当然，善恶与自由有关。雅典人对民主制度，有天然的爱好，认为自己拥有自由。但柏拉图认为，他们拥有的自由其实是假的自由。随心所欲并不是真的自由。那些人，高喊自由，但却不断地损害自由，不断地作恶。”

“正如孔子所言，随心所欲而不逾矩。”

“不，这说的不是一回事。”

“怎么不是一回事呢？有限制的自由，才是自由。”

“柏拉图所说的‘随心所欲’，说的是什么‘心’什么‘欲’呢？如果人的本性是向‘善’的，那么‘心’和‘欲’就一定是向‘善’的。一个人如果不能跟随向‘善’的‘心’，满足向‘善’的‘欲’，他就不是自由的。所以，真正的有价值的‘随心所欲’，就是满足人自然向‘善’的欲望。你看，老太太让你给我讲课呢，我反倒瞎说一气。你可别笑我。”他还在想着文德斯的话，文德斯突然说，“对不起了，我得下车，再回去一趟。”

原来，文德斯是想让老太太看看那只名叫柏拉图的黑猫的视频。它现在就养在他的家里。并不是他不愿意把它带来，而是医院不允许带，虽然这里野猫成群。他倒是成功地带进来两次：一次放在书包里，一次裹在风衣里。他觉得这样做，就像做贼一般，感觉相当不好。但老太太每次见到他，总要问到柏拉图。

“我送你回去。”

“那敢情好。我有不好的预感。但愿我的预感是错的。”

“别想多了。我明天要去北京，等我从北京回来，我还想让你再带我过来看看呢。到时候，我替你抱着猫。老太太那么喜欢猫？”

“对老太太来说，猫就是理念。”

“猫就是理念？”

“这其实是柏拉图的话。柏拉图说，我们所说的猫，与个体的猫不同。说一只动物是猫，是因为它有猫性。这种猫性既不随个体的猫而出生，也不随个体的猫而死去。作为一个理念，它是永恒的。老太太说，看到猫，她就像看到了柏拉图本人。我给猫拍的视频，她或许会喜欢的。她这会可能累了，得让她先休息一下，所以到了医院门口，你就可以走了。待会我再拿给她看。她的时间观念模糊了。我再上去，她就会以为已经是第二天了。”文德斯说着，就又调皮起来了，“这样也好，来一次，等于来两次。”

说是等会再去看老太太的，但是下车之后，文德斯立即朝门口跑去了。他走得有点急了，竟把那本《辩证》掉在了车上。

那天回到筹备处，应物兄就开始阅读那本书。别人送的书，他可以不看，但芸娘的书，或者芸娘弟子的书，他是一定要看的。那本书名为《辩证》，开篇谈的却是“启蒙”：

1784 年 11 月，德国《柏林月刊》发表了康德的一篇短文：《何为启蒙》。康德本人并没有将它看得多么重要，后来也很少提及，但它却标志着对思想史上一个根本性问题的切入。两百多年来，这个问题仍然以各种形式反复出现。从黑格尔开始，经由尼采或马克斯·韦伯，到霍克海默或哈贝马斯，几乎没有哪一种哲学不曾碰到这个问题：所有人，既没有能力解决，也没有办法摆脱。那么，这个被称为启蒙的事件，这个决定了我们今天所是、所思、所行的事件，到底是什么事件？请设想一下，如果《柏林月刊》今天还在，并且问它的读者：什么是现代哲学？或许我也会如此回答：现代哲学是这样一种哲学，它企图回答两百年前康德突然提出的那个问题：何为启蒙？

看上去单纯而柔弱的文德斯，每天都纠缠于这些问题？不过，这并不奇怪。遥想当年，类似的问题也曾在他的脑子里徘徊，幽灵一般。文德斯提到的人，他都曾拜读过。他熟悉他们的容貌，他们的怪癖，他们的性取向。但他承认，当年读他们的书，确有赶时髦的成分，因为人们都在读。求知是那个时代的风尚，就像升官发财是这个时代的风尚。他在整理出版《孔子是条“丧家狗”》的时候，曾经将当年的读书笔记翻出，将当年摘抄的一些句子，融入了那本书中。当年摘抄的时候，他没有记下页码和版本，事后也没有工夫再去核查、补充。这也是后来有人指责他抄袭的原因。他在一句话下面画了一条杠：既没有能力解决，也没有办法摆脱。这句话引起了他的共鸣。看着那句话，那条杠，他有点出神。

他想，从北京回来，一定与文德斯好好谈谈。

他把书放下了。他不知道，在后面的行文中，文德斯也提到了他。

① 苏格拉底和柏拉图

② 见王阳明《传习录》

名家点评

《应物兄》庞杂、繁复、渊博，形成了传统与现代、生活与知识、经验与思想、理性与抒情、严肃与欢闹相激荡的独创性小说景观，显示了力图以新的叙事语法把握浩瀚现实的探索精神。李洱对知识者精神状况的省察，体现着深切的家国情怀，最终指向对中国优秀文明传统的认同和礼敬，指向高贵真醇的君子之风。

第十届茅盾文学奖　授奖词

《应物兄》是一部阐释空间非常辽阔的作品，评论家们之所以兴奋至“抢话筒”，是因为这是一部可以从许多角度去解读的作品，“俗人”会看到活色生香、人情世故的故事，知识分子可以读出知识分子的意味。这几十年不仅我们每个人的生活发生了巨大变化，我们每个人的内在生活也发生了巨大变化，我们的小说应该说面对这样的时代、面对这样的变化、面对这个时代的人，我们真的可能需要想象、建构、创造一种小说，这就是这个时代的小说，这个就是在这个时代写人、叙事、讲这个世界的小说，这是只有这个时代才会有的小说——《应物兄》无疑提供了一部对这个时代进行巨型叙事的范例。

中国作家协会副主席，文学评论家，作家　李敬泽

《应物兄》是一部根基于历史的未来主义现实小说，是一部建立在虚构基础上致力于人世的厚重之作，是夸夸其谈地探讨知识分子生活和心灵轨迹的严肃尝试。作品保持着李洱一贯的叙事特点，幽默讥诮，从容舒展，变怪百出而又一本正经，让人不断大呼过瘾又时时陷入沉思。更为引人注目的是，作者自觉启动了对历史和知识的合理想象，并在变形之后妥帖地赋予每个人物，绘制出一幅既深植传统又新鲜灵动的知识分子群像，完成了对时代和时代精神的双重塑形。

《思南文学选刊》副主编，中国现代文学馆特聘研究员　黄德海

附录 李洱作品创作大事记年表

1987年12月，《福音》（处女作）短篇，《关东文学》。

1991年4月，《惘城》短篇，《钟山》。

1993年4月，《导师死了》中篇，《收获》。

1994年9月，《饶舌的哑巴》短篇，《大家》。

1994年11月，《加歇医生》中篇，《人民文学》。

1995年2月，《悲愤》短篇，《莽原》。

1995年4月，《动静》中篇，《小说家》。

1995年10月，《缝隙》中篇，《人民文学》。

《抒情时代》中篇，《小说界》。

1996年4月，《寻物启事》中篇，《漓江》。

1996年12月，《白色的乌鸦》短篇，《山花》。

1997年5月，《遭遇》短篇，《作家》。

《秩序的调换》短篇，《作家》。

同期配发创作手记，《写作的诫命》。

1997 年 7 月，《鬼子进村》中篇，《山花》。

《“四·二”大案采访手记》，《公安月刊》。

《黝亮》短篇，《大家》。

1997 年 10 月，《错误》短篇，《人民文学》。

1997 年 11 月，《有影无踪》短篇，《上海文学》。

1998 年 1 月，《现场》中篇，《收获》。

《威胁》短篇，《漓江》。

《鸡雏变鸭》短篇，《作家》。

1998 年 2 月，《夜游图书馆》短篇，《钟山》。

《午后的诗学》中篇，《大家》。

1998 年 3 月，《悬铃木枝条上的爱情》短篇，《山花》。

1998 年 3 月，《玻璃》中篇，原名《二马路上的天使》，《作家》。

1998 年 3 月，《喑哑的声音》短篇，《收获》。

1998 年 5 月，《奥斯卡超级市场》短篇，《山花》。

《如愿以偿》短篇，《人民文学》。

1998 年 6 月，《悬浮》中篇，《江南》。

1998 年 10 月，《破镜而出》中篇，《花城》。

1999 年 1 月，《葬礼》中篇，《收获》。

1999 年 4 月，《故乡》短篇发表于《作家》。

《遗忘》中篇，“凹凸文本”《大家》。

1999年6月，《国道》中篇，《时代文学》。

《堕胎记》短篇，《花城》。

1999年10月，《上啊，上啊，上花轿》短篇，《山花》。

1999年12月，《去年的爱情》短篇，《时代文学》。

2000年3月，《一九一九年的魔术师》短篇，《东海》。

2000年7月，《窨井盖上的舞蹈》短篇，《作家》。

2001年12月，《花腔》长篇，《花城》。

2002年1月，《花腔》获第三届“大家·红河文学奖”荣誉奖。

《朋友之妻》中篇，《作家》。

2002年10月，《儿女情长》短篇，《人民文学》。

2003年1月，《斯蒂芬又来了》短篇，《书城》。

2003年3月，《平安夜》短篇，《山花》。

2003年10月，《龙凤呈祥》中篇，《收获》。

2004年4月，《光与影》短篇，《当代作家评论》第4期。

2004年7月，《石榴树上结樱桃》，江苏文艺出版社出版。

2004年10月，《石榴树上结樱桃》《长篇小说选刊》第1期。

同期配发创作谈《啼笑之外》。

2004年12月，《花腔》获“红旗渠杯”第二届河南省文学奖。

《石榴树上结樱桃》获《当代》长篇小说年度奖读者奖 。

2005年1月，《石榴树上结樱桃》获《新京报》首届华语图书传媒大奖（2004年度文学类图书奖）。

《花腔》入围第六届茅盾文学奖终评名单。

2005 年 2 月，《石榴树上结樱桃》，《当代（长篇小说选刊）》。

同期配发创作谈《啼笑之外——关于〈石榴树上结樱桃〉》。

2005 年 2 月，《我们的耳朵》短篇，《上海文学》。

2005 年 3 月，《我们的眼睛》短篇，《上海文学》。

2005 年 7 月，《狗熊》短篇，《花城》。

2005 年 8 月，《林妹妹》短篇，《山花》。

2006 年 6 月，凭《花腔》和《石榴树上结樱桃》，

获第十届庄重文文学奖。

2007 年 4 月，江苏文艺出版社再版了《石榴树上结樱桃》，

并由德国著名的 DTV 出版社出版，

翻译者为 Thekla 女士（汉名：夏黛丽）。

2009 年 11 月，《你在哪》短篇，《山花》。

同期刊发李洱谈论经典作品的随笔《闲说经典》。

2009 年 12 月，《斯蒂芬又来了》，《人民文学》英文版

《PATH-LIGHT》的试刊号。

2012 年 9 月，中篇小说集《遗忘》被列入海峡两岸“这世代”

书系，人民教育出版社与重庆出版集团出版。

2013 年 4 月，电影版《石榴树上结樱桃》上映。

2013 年 7 月，《石榴树上结樱桃》，新星出版社版再版。

2014 年 11 月，《从何说起呢》中篇，《北京文学（中篇小说月报）》。

2015 年 6 月，李洱赴纽约参加美国书展（简称 BEA）。

2015 年 12 月，中篇小说集《从何说起呢》，长江文艺出版社出版。

2018 年 9 月和 12 月，《应物兄》长篇，首发于《收获》长篇专号秋卷和冬卷。

2018 年 12 月，《应物兄》，人民文学出版社出版。

2019 年 8 月，《应物兄》，获第十届茅盾文学奖。